Diogenes Taschenbuch 24003

Hansjörg Schneider

Das Paar im Kahn

Hunkelers dritter Fall

Roman

Diogenes

Die Erstausgabe erschien
1999 im Ammann Verlag, Zürich
Umschlagfoto (Ausschnitt):
Copyright © age fotostock /
LOOK-foto

Veröffentlicht als Diogenes Taschenbuch, 2011
Alle Rechte vorbehalten
Copyright © 2011
Diogenes Verlag AG Zürich
www.diogenes.ch
40/15/36/2
ISBN 978 3 257 24003 0

Peter Hunkeler, Kommissär des Kriminalkommissariats Basel, gewesener Familienvater, jetzt geschieden, lag im Wasser des Thermalbads Neuwiller im Elsass und dachte nach.

Vor drei Tagen, genau am 8. November, einem Dienstagabend, war er ins St. Johann-Quartier an die Murbacherstraße gerufen worden, wo in einer Zweizimmer-Altwohnung eine übel zugerichtete Frauenleiche lag, deren Gesicht nicht mehr kenntlich war. Ein Wohnungsnachbar, ein Türke namens Fazil Sengün, hatte angerufen, und in dessen Wohnung hatte Hunkeler auch den Ehemann der getöteten Frau gefunden, der mit versteinertem Gesicht am Küchentisch saß und den Oberkörper langsam vor und zurück wiegte. Ali Aydin, so hieß dieser Mann laut Angaben des Wohnungsnachbarn, stammte aus Anatolien, aus Konya, und arbeitete in einer der chemischen Fabriken. Ein guter Mensch, wie der Nachbar mehrmals insistierte, ein sehr guter Mensch. Und er habe seine Frau heiß geliebt.

Hunkeler hatte in jener Küche drei Tassen türkischen Kaffee getrunken und versucht, mit Ali Aydin in ein Gespräch zu kommen. Vergeblich, dem Mann war kein Wort zu entlocken gewesen. Nur einmal hatte er kurz aufgeschaut, aus seltsam hellen Augen direkt in des Kommissärs Gesicht, in jenem Moment nämlich, als Hunkeler gefragt hatte, ob denn die in der Wohnung nebenan liegende Aische Aydin keine gute Frau gewesen sei. Da hatte Hunkeler gemerkt, dass Herr Aydin ihn genau verstand und beinahe etwas gesagt hätte. Aber auf die Frage, warum man denn das Gesicht der Toten so übel entstellt habe, senkte Aydin den Kopf wieder.

Hunkeler war nur kurz in die Wohnung hinübergegangen, wo das Opfer auf dem Ehebett lag. Die Arbeit hatte er Detektivwachtmeister Michael Madörin übergeben. Die kriminaltechnische Abteilung war da und der Gerichtsarzt. Aber Hunkeler interessierten nicht Fingerabdrücke und Schmauchspuren, sondern Menschen. Und er hatte sogleich wahrgenommen, dass es hier in diesem ärmlichen St. Johann-Milieu nicht um Macht und Geld gegangen war, sondern um Eifersucht, Liebe und Ehre.

Nur, warum hatte man der jungen Frau das Gesicht entstellt?

Hunkeler, im Thermalwasser Neuwillers liegend, atmete tief durch, schloss die Augen und rollte sich ein. Er versank in der braunen Brühe, eine lebende Kugel, treibend im Urschlamm, aus dem jedes Leben gekrochen war. Nach einer Weile spürte er, wie sein Nacken langsam auftauchte, dann der Rücken, emporgehoben von der Luftblase im Brustkorb. So blieb er schweben, solange es ging, dreißig Sekunden, vierzig Sekunden, bis die Atemnot seine Nase an die Luft zurückzwang. Er hob den Kopf und schaute sich um.

Was er sah, war ihm wohlvertraut und doch seltsam fremd. Drei Elsässer Frauen lagen nebenan im Bassin, schwere Leiber, auf den Köpfen farbige Badekappen mit

Blumendessins, Seerosen der schönen, alten Art. Sie redeten in breitem Elsässer Deutsch über eine bevorstehende Hochzeit, wobei die eine die Meinung vertrat, die Braut sei ein Luder und werde immer ein Luder bleiben und der Bräutigam hätte eigentlich etwas Besseres verdient. Hinter der angelaufenen Fensterscheibe lag Nebel, in dem schwach die Umrisse eines verkrüppelten Apfelbaums zu sehen waren.

Frauen, dachte Hunkeler, sind seltsame Wesen. Aber warum bringt jemand eine Frau um?

Als er an diesem 11. November über den unbewachten Grenzübergang nach Basel zurückfuhr, sah er wegen des Nebels keine zehn Meter weit. Er hielt sich dicht am rechten Straßenrand, um nicht mit den heimkehrenden Grenzgängern, die in Basel arbeiteten, zu kollidieren. Einen Augenblick lang glaubte er das zerschlagene Gesicht der toten Aische Aydin vor sich zu haben, ein schwankendes, zerstörtes Antlitz im Licht der Scheinwerfer, die sich in den Nebel bohrten. Er bremste scharf ab, um es nicht zu überfahren, und kam im Straßengraben zu stehen. Der Motor starb ab.

»Nein«, sagte er laut, »dies ist nicht mein Fall. Dies ist der Fall von Kollege Madörin.«

Er startete den Motor neu und fuhr auf die Straße zurück. Er beschloss, obschon Freitagabend war, noch schnell auf dem Lohnhof vorbeizuschauen.

Er fand die ganze Gruppe in Madörins Büro versammelt. Haller mit der geschwungenen Luzerner Pfeife im Mund, Korporal Lüdi und Detektivwachtmeister Madörin, der aus einem Pappbecher Kaffee schlürfte. Staatsanwalt Suter war der Einzige, der stand. Er hielt die Arme ausgebreitet, als hätte er zu einem Flug in seine alles niederwalzende Rhetorik ansetzen wollen. So blieb er stehen, stumm, bis sich Hunkeler gesetzt hatte. Dann ließ er die Arme sinken.

»Ach so, der Kriminalkommissär«, sagte er. »Nett, Sie zu sehen.«

»Erstens ist es Freitagabend«, sagte Hunkeler, »und zweitens bin ich abkommandiert, um ein Gutachten über die grenzüberschreitende Jugendkriminalität in der Region Basel auszuarbeiten. Als Verstärkung des Jugendanwalts, wie Sie wissen.«

»Wie ich Sie kenne, haben Sie den Nachmittag in Ihrem Haus im Elsass verbracht, um Feldstudien zu betreiben, nicht wahr?«

»Nein«, sagte Hunkeler, »ich habe in Neuwiller gebadet. Ich habe nämlich Rückenprobleme.«

»Hier in Basel bringen die Türken ihre Frauen um. Und Sie entspannen sich im warmen Thermalwasser. Haben Sie das Antlitz der toten Frau nicht gesehen?«

»Doch. Im Nebel, in der Nähe des Grenzübergangs.«

Das verschlug dem Staatsanwalt einen Moment lang die Sprache.

»Sind Sie betrunken?«

»Noch nicht«, sagte Hunkeler. »Ich betrinke mich erst um Mitternacht.«

Staatsanwalt Suter erstarrte, mit offenem Mund, so dass

sein tadelloses Gebiss zu sehen war. Er überlegte kurz, schluckte leer und ging entschlossenen Schrittes zur Tür, riss sie auf und warf sie schmetternd hinter sich zu.

Hunkeler griff in die Jackentasche, holte eine Zigarette heraus, steckte sie an, rauchte und hustete. »Was gibt es Neues?«, fragte er munter. »Wie sieht es aus?«

Madörin schaute angewidert zum Fenster, hinter dem nichts war als Schwärze.

»Warum?«

»Komm schon«, sagte Hunkeler. »Dieser Totschlag interessiert mich.«

Madörin nahm den Pappbecher, trank ihn aus und warf ihn Richtung Mülleimer, allerdings ohne zu treffen. Er erhob sich umständlich, ging hin, nahm den Becher vom Boden und ließ ihn in den Eimer fallen. »Ich habe gemeint«, sagte er, »du hast mir den Fall übergeben.« Er kam zum Tisch zurück und setzte sich griesgrämig. Es herrschte Schweigen.

Haller griff sich Streichhölzer und riss eines dreimal an, bis es endlich brannte. Er stieß weiße Rauchschwaden in die Luft. »Suter«, meinte er, »ist der Auffassung, der Fall sei abgeschlossen.«

»Warum? Hat Ali Aydin gestanden?«

»Nein. Er hat bis jetzt kein Wort gesprochen.«

»Wo ist er?«

»Er sitzt unten in Einzelhaft.«

»Und wenn er sich umbringt?«

»Er bringt sich nicht um. Türken sind vieles gewohnt.«

»Er war es nicht«, sagte Hunkeler.

»Das ist genau das«, sagte Madörin, »was mir an dir so

auf den Nerv geht. Du platzt da rein und behauptest irgendwas, was du nicht beweisen kannst. Einfach so, aus dem hohlen Bauch heraus.« Er grinste, ziemlich schief, wie Hunkeler fand. Dann setzte er neu an, überzeugt, den entscheidenden Schlag zu landen. »Frau Aydin hat in fremden Haushalten geputzt. Wir haben das untersucht, es sind nicht die besten Adressen. Schwarzarbeit natürlich, sie hat keinen Rappen versteuert. Außerdem hat sie Männerbesuch empfangen. Wir wissen noch nicht genau, wer das war. Aber es ist regelmäßig geschehen. Für jeweils eine Stunde. Wir wissen das von Frau Lüthi, die im Parterre wohnt. Es scheint sich also um Eifersucht zu handeln, Totschlag im Affekt, ziemlich eindeutig. Findest du nicht?«

Hunkeler schloss die Augen. Er sah vor sich das Ehebett, auf dem die tote Frau gelegen hatte. Den Mann in der Küche des Nachbarn, seinen hellen, verzweifelten Blick. Er bewegte langsam den Kopf, von links nach rechts und von rechts nach links, als wollte er den steifen Nacken lockern.

»Ich bin auch der Meinung, dass er's nicht war«, sagte Haller.

Hunkeler spürte Übelkeit. Sein Mageninhalt drängte nach oben, er hätte sich übergeben wollen. Ein Bier wäre gut, dachte er, oder zwei oder drei. Sanfter Gerstensaft, wohltuend und nährend. Er öffnete die Augen und sah mitten auf dem Tisch einen Anhänger mit Schnur liegen. Er erhob sich und schaute genau hin. Der Anhänger war flach und zeigte zwei Figuren, eine Frau und einen Mann, Seite an Seite, die aus einem Boot oder Nachen herauswuchsen, Bronze vermutlich.

»Rühr es nicht an«, warnte Madörin.

Hunkeler blieb ruhig stehen, die Augen auf den Anhänger gerichtet. Ein wunderschönes Stück, aus einer Kultur stammend, die aus der Kraft der Magie lebte.

»Das ist ein Amulett«, sagte Lüdi, »das Paar im Kahn, so nennen wir es. Es hat am Hals der toten Frau gehangen. Wir wissen nicht, woher es stammt. Türkisch ist es nicht, wir haben uns erkundigt.«

»Was ist mit der Tatwaffe?«

»Keine Ahnung. Wir wissen nur, dass die Täterschaft mehrmals zugeschlagen hat.«

»Wann genau?«

»Es muss über Mittag geschehen sein.«

»Hat Herr Aydin über Mittag zu Hause gegessen?«

»In der Regel nicht. Er hat sich üblicherweise in der Kantine verpflegt.«

Madörin beugte sich vor und tippte mit dem rechten Zeigefinger auf den Tisch.

»Stell dir vor«, sagte er, »er kommt über Mittag überraschend heim. Stell dir vor, er findet seine Frau in der Küche, zusammen mit einem Freier. Der dreht doch durch.«

»Warum in der Küche?«, fragte Hunkeler.

»Weil Frau Aydin in der Küche totgeschlagen wurde. Neben dem Gasherd. Dort will sie Herr Aydin gefunden haben, am Abend. Das stinkt doch zum Himmel. Aydin ist nämlich über Mittag nicht in der Kantine gewesen.«

Hunkeler erinnerte sich an das Bild, das über dem Ehebett gehangen hatte. Eine Moschee vor türkisblauem Nachthimmel, neben den Minaretten der Halbmond.

»Was ist mit dem Freier? Warum hat er sich nicht gewehrt? Warum meldet er sich nicht?«

»Warum wohl«, grinste Madörin.

Hunkeler erhob sich und schmiss den Stuhl um.

»Seid ihr übergeschnappt?«, schrie er. »Seid ihr wahnsinnig geworden?«

Da öffnete sich die Tür. Herein trat Staatsanwalt Suter, gefasst und ruhig, seiner selbst sicher, auch in Zeiten von Gefahr und Krise. Er betrachtete sorgenvoll den umgefallenen Stuhl.

»Stellen Sie den Stuhl auf, Kommissär Hunkeler.«

Hunkeler packte den Stuhl und stellte ihn auf die vier Beine.

»Wer schreit, hat unrecht«, sagte Suter, »das wissen Sie.«

Er schüttelte traurig den Kopf, ging zum Fenster und schaute in den dunklen Nebel hinaus. »Das ist der islamische Fundamentalismus«, sagte er. »Die Frau ist in dieser Kultur, wenn man es so nennen will, nichts weiter als ein Gebrauchsgegenstand, ein Tier, ein Hund. Die Frau wird gesteinigt, wenn sie einen fremden Mann auch nur anlächelt. Und dann kommen diese Machos hierher nach Basel, um Schweizer Franken zu verdienen, die sie natürlich nicht hier ausgeben, sondern zurückschicken nach Kleinasien und damit ihre Brut aufziehen, wenn ich so sagen darf. Das dürfen wir nicht zulassen, meine Herren. Da müssen wir durchgreifen. Und das ist die Aufgabe unserer Polizei.«

Er drehte sich um, zog ein Taschentuch aus seiner Hose und wischte sich die Hände.

»Der Fall ist abgeschlossen«, sagte er. »Ali Aydin hat sich in seiner Zelle erhängt.«

Um neun Uhr am selben Abend traf Hunkeler im Restaurant Kunsthalle seine Freundin Hedwig. Er hatte sich eine halbe Stunde verspätet und sah sie schon vom Eingang aus hinten rechts an einem weiß gedeckten Tisch sitzen.

»Schau an«, sagte sie, »der Freund und Helfer. Die Pünktlichkeit in Person.«

»Entschuldigung, aber ich kann nichts dafür. Ich frage mich wirklich, ob ich den richtigen Beruf gewählt habe. Von Haus aus bin ich nämlich ein frohes Gemüt und durchaus pünktlich, wenn mich eine charmante Frau erwartet.«

Sie schüttelte den Kopf, lachte missmutig. Aber er sah ihren genauen Blick.

»Du und ein frohes Gemüt, dass ich nicht lache. Du bist der personifizierte Griesgram, besonders im November. Aber es macht nichts. Ich werde dich umstimmen und aufheitern heute Abend. Dazu bin ich ja da, nicht wahr?«

Er starrte sie an, überrascht.

»Schau nicht so blöd«, sagte sie. »Schenk mir ein Lachen. Mir geht es nämlich blendend.«

»Ich glaube nicht, dass ich heute Abend lachen werde.«

Sie griff sich über den Tisch weg seine rechte Hand.

»Sei bitte nicht stur. Gib dich für einmal der fraulichen Fröhlichkeit hin. Sie wird dir guttun, alter Mann.«

Er spürte ihre Hand in der seinen, die kühle, sanfte Haut. Er schaute auf die Fältchen beidseits ihrer Lippen.

Als der Kellner mit geübten Bewegungen den Loup de mer zerteilte, spürte er, wie seine Augen nass wurden. Eine Träne lief ihm über die Wange. Er wischte sie nicht weg.

Hedwig erschrak.

»Was ist los?«

»Nichts.«

»Ich weiß, der Nebel, der aus der Aare aufsteigt und die Menschen schwermütig macht. Warum nur habe ich mich in einen Aargauer vergafft?«

Er zuckte mit den Achseln, er wusste es auch nicht.

»Hör jetzt auf«, befahl sie. »Die Arbeitswoche ist vorbei, es ist Freitagabend. Die Frauen sind müde und freuen sich auf eine Nacht voll Liebe. Ich will nicht vor einem weinenden Mann sitzen.«

»Es ist nicht der November«, sagte er. »Und ich will dir nicht den Abend kaputtmachen. Aber wenn die Tränen hervordrücken, so kann ich nichts dagegen tun. Das liegt bei uns in der Familie.«

Sie schenkte ihm Weißwein nach.

»Trink. Betrink dich meinetwegen. Aber hör mit den Tränen auf.«

Sie begann von ihrer Arbeit im Kindergarten zu erzählen. Drei Kinder aus Kosovo, vier aus Spanien, sieben aus der Türkei und fünf von Basler Eltern. Und keines könne mit dem andern reden. Sie mitten drin, sie rede und rede, aber sie könne weder Albanisch noch Spanisch noch Türkisch.

»Was soll ich da machen?«, fragte sie. »Wie soll ich den Kindern helfen?«

»Hör mal«, sagte er, als der Kellner die Teller abgeräumt hatte. »Ich wollte dir den Appetit nicht verderben. Aber jetzt muss ich es dir erzählen. Im St. Johann ist eine tote Türkin mit zerschmettertem Gesicht gefunden worden. Ihr Mann, auch er aus der Türkei, wurde verhaftet und hat sich vor zwei Stunden in der Zelle erhängt. Suter behauptet, damit sei der Fall gelöst, der Ehemann sei der Täter gewesen.

Er ist es aber nicht gewesen. Sondern er hat sich aus Verzweiflung erhängt. Das ist der Grund meiner Tränen.«

»Ach du lieber Himmel«, sagte sie und schob ihr Glas weg. »Hört das nie auf? Mord und Totschlag und Männer, die sich erhängen. Das habe ich nicht verdient. Ich will einen Mann, der lacht.«

Er grinste schief.

»Nach Neujahr vielleicht, dann werde ich lachen.«

»Und bis dann?«

»Ich habe die tote Frau gesehen. Ich habe die Wohnung gesehen, ein trautes türkisches Heim in der fremden Stadt Basel. Ich habe den Mann am Tisch sitzen sehen. Der war voll Trauer.«

Sie winkte den Kellner an den Tisch und bestellte Kaffee.

»Warum war denn das Gesicht zerschmettert?«

»Das weiß ich nicht.«

»Dass jemand eine Frau umbringt, und sei es die eigene, das kann ich verstehen. Aber das mit dem Gesicht, das verstehe ich nicht. Das muss einen Grund haben.«

»Stimmt«, sagte er.

»Was war es für eine Wohnung?«

»Zwei Zimmer mit Küche. Billig eingerichtet, viel Kitsch. Aber bewohnt von Leuten, die gut ausgekommen sind miteinander. Alles war an seinem Platz. Ich meine damit, dass sich die beiden geliebt haben.«

»Vielleicht war es Eifersucht? Er ist durchgedreht und hat ihr mehrmals eine Pfanne ins Gesicht gehauen.«

Er schüttelte den Kopf.

»Das hätte der Mann gesagt. Er war keiner, der lügen kann. Besonders nicht in so wichtigen Dingen. Er hatte einen Blick, ohne jede Reserve. Er hätte es gestanden und sich erst dann erhängt.«

Sie goss Rahm in den Kaffee, rührte ihn um, schüttelte traurig den Kopf.

»Wieso kann sich überhaupt jemand umbringen in Untersuchungshaft? Das müsste doch verhindert werden.«

»Wenn sich jemand unbedingt umbringen will, findet er meistens einen Weg. Mit dem Leintuch, mit dem eigenen Hemd.«

»Und schon bin ich wieder mitten in einer Mordgeschichte«, sagte sie. »Ich will das gar nicht. Ich verstehe schon, dass du das nicht einfach so hinnehmen willst oder kannst. Du bist nun einmal ein sturer Bock. Was übrigens ein Grund ist, dass ich dich liebe.«

Sie streichelte seine Hand, diesmal die linke.

»Du bist also wieder einmal dabei, dir Feinde zu schaffen, nicht wahr? Suter wird sich ja freuen, und Madörin auch.«

Er zuckte mit den Achseln, entschuldigend, flehend fast.

»Soll ich es lassen? Schwamm darüber und fertig?«

Sie zog ihre Hand zurück, und er sah die Enttäuschung in ihrem Gesicht.

»Es wird also nichts mit unserem Wochenende im Elsass. Der Gerechtigkeit wegen, nicht wahr?«

Wieder zuckte er mit den Achseln, dann nickte er.

»Hör mal«, sagte sie, »ich verstehe dich schon. Du tust das, was du tun musst. Sonst müsste ich dich ja verachten. Das wäre die härteste Strafe für mich. Aber ich tue auch, was ich tun will. Und ich rufe jemanden an und fahre mit ihm ins Elsass, wenn du gestattest.«

Sie erhob sich langsam, müde und schwerfällig plötzlich.

Als er keine Anstalten machte, mit ihr zu gehen, versuchte sie zu lächeln, freundlich und süß.

»Bezahlst du für mich?«

Er schaute ihr nach, wie sie vorn beim Kleiderständer in ihre Jacke schlüpfte, ihm kurz zunickte und verschwand.

Er ließ sich von einem Taxi in die Elsässerstraße fahren, stieg aus und bog in die Murbacherstraße ein. Es nieselte aus dem Nebel, der Asphalt glänzte schwarz. Eine Katze sprang auf den Gehsteig, stellte den Schwanz senkrecht, versperrte ihm den Weg. Er beugte sich zu ihr nieder, kraulte sie unter dem Flohband. Sie rannte durch einen Vorgarten zur Haustür, rieb das Fell an der Mauer.

»Tut mir leid«, sagte er, »bei mir hast du kein Glück. Ich habe den Schlüssel nicht.«

Er ging weiter bis zum Haus, in dem das Ehepaar Aydin gewohnt hatte. Vier klapprige Fahrräder lehnten an der Hauswand, gesichert mit einer Kette. Er las die Namen unter den Klingelknöpfen. Drei waren offenbar türkisch, fünf kroatisch oder serbisch. Im Weiteren wohnten noch eine Verena Lüthi hier und ein Jost Meier. Er klingelte bei Fazil Sengün, wartete, bis die Tür aufsprang, und ging hinein. Ein schmales Treppenhaus mit Kunststeinstufen und dünnem Metallgeländer, die Wände fleckig, auf den Etagen ausgefranste Bastvorleger. Ein seltsamer Geruch, in dem ein Gewürz mitschwang, das exotisch anmutete.

Fazil Sengün stand vor seiner offenen Wohnungstür, mit verweinten Augen.

»Kommen Sie herein«, sagte er, »ich weiß es schon.«

In der Küche stellte er ein Kupferkännchen aufs brennende Gas, holte zwei Tassen und Zucker.

»Ich dürfte eigentlich nicht hier sein«, sagte Hunkeler, »es ist nicht meine Aufgabe, diesen Fall zu lösen.«

»Es ist der Fall von Herrn Madörin, ich weiß. Er hat mich vor zwei Stunden angerufen. Ich muss morgen um zehn im Lohnhof sein, um die Geschichte mit den Papieren zu regeln.«

Hunkeler setzte sich.

»Wo haben Sie eigentlich so gut Deutsch gelernt?«

»Ich habe sieben Jahre in Dortmund gearbeitet.«

»Wie lange kannten Sie Herrn Aydin?«

»Drei Jahre.«

»Hatte er Kinder?«

»Ja, ein Mädchen und einen Jungen. Sie leben bei den Großeltern in Konya.«

»Wo soll das Ehepaar Aydin begraben werden?«

»Hier in Basel. Das ist am billigsten.«

Fazil Sengün stellte das Gas ab und goss den Kaffee in die Tässchen. Er tat das sehr langsam, als ob etwas hätte zerbrechen können. Den Blick hielt er gesenkt.

Hunkeler schlürfte den heißen Kaffee.

»Ich will den Mörder der Aische Aydin finden«, sagte er. »Der Staatsanwalt hat den Fall übrigens abgeschlossen. Aber ich will die Wahrheit herausfinden.«

»Die Wahrheit ist, dass beide tot sind. Es gibt nichts mehr herauszufinden.«

»Ich ertrage es nicht«, sagte Hunkeler, »wenn jemand das Gesicht einer Frau zerstört. Es war ein Mann, nicht wahr?«

»Die Schläge sind mit großer Gewalt geführt worden. Also war es ein Mann.«

»Womit sind die Schläge geführt worden?«

»Ich weiß von nichts«, sagte Fazil. »Ich bin am Abend heimgekommen von der Arbeit, Ali hat an meiner Tür geklingelt, ich habe ihn in die Küche genommen und die Polizei angerufen. Das habe ich Herrn Madörin schon alles erzählt.«

»Hat sie Männerbesuche empfangen?«

»Sie ist in der Türkei Lehrerin gewesen und hat hier Türkischstunden gegeben. Privat.«

»Bei wem hat sie geputzt?«

»Das waren vier Haushalte. Ich habe die Namen Herrn Madörin mitgeteilt. Sie hängen übrigens dort an der Wand.« Er hob kurz den Kopf und zeigte zum Telefon, neben dem Zettel hingen.

»Ali hat kein eigenes Telefon gehabt, er war unter meiner Nummer erreichbar. Trinken Sie noch eine Tasse?«

»Nein«, sagte Hunkeler, »sonst kann ich nicht schlafen. Die beiden hatten ziemlich viel gespart, nicht wahr?«

Sengün nickte.

»Sie hatten vor, in zwei Jahren in die Türkei zurückzukehren und am Mittelmeer eine Pension aufzumachen. Daraus wird jetzt nichts.« Es war deutlich zu sehen, wie eine Träne über seine Wange lief. »Ein Mann weint nicht«, sagte er, »das ist die Regel. Und jetzt weine ich doch.«

»Sie müssen mir helfen«, sagte Hunkeler. »Ich will nicht, dass der Mörder frei herumläuft.«

Sengün schüttelte den Kopf. »Sein schlechtes Gewissen wird ihn bestrafen.«

»War es ein Schweizer?«

»Ein Mann ist ein Mann, ob Türke oder Schweizer. Ein Mann braucht Gewalt, wenn er schlecht ist.«

Hunkeler erhob sich, ging zum Telefon und las die Namen. Jost Meier, Beat Spälti, Theo Ruf, Alice Odermatt. Er nahm sein Notizbuch heraus und schrieb sie hinein.

»Wen hat Frau Aydin unterrichtet?«

»Zwei junge Leute aus der Reisebranche. Die eine heißt Erika Frösch, der andere Fritz Stampfli. Ich bin sicher, Herr Madörin hat sich bei ihnen erkundigt.«

Hunkeler nickte. Er war zu spät dran, das wusste er. »Hat Herr Aydin nach dem Tod seiner Frau mit Ihnen geredet?«

»Nein, kein Wort. Er hat die Sprache verloren. Es war auch nicht nötig, etwas zu sagen.«

»Weil Sie wussten, dass er nicht der Täter sein konnte, nicht wahr?«

Sengün rührte sich nicht.

»Was ist das für ein Amulett«, fragte Hunkeler, »das Frau Aydin am Hals trug? Von wem hat sie es bekommen?«

»Sie hat dieses Amulett geliebt. Ich weiß nicht, woher sie es hatte.«

»Sie lügen«, sagte Hunkeler leise, »und Sie wissen genau, dass ich das weiß.«

Sengün schüttelte den Kopf, sehr langsam, ein gebrochener Mann. »Lüge ist, wenn das Leben sein Versprechen nicht hält. Wenn zwei, die sich lieben, sterben müssen, durch Gewalt.«

»Sie hat einen Geliebten gehabt, nicht wahr?«

Sengün hob den Kopf und schaute dem Kommissär direkt in die Augen, ohne Falsch, ohne Arg.

»Aische war eine gute Frau. Sie hätte ihrem Mann diese Schande nie angetan.«

»Vielleicht hat er nichts gewusst von diesem Geliebten. Sie hat ihre Liebe versteckt.«

Er wartete auf eine Antwort. Dann hob er die Tasse an die Lippen und ließ den süßen Kaffeesatz in den Mund rinnen. Dieser Mann würde nichts sagen, auch wenn er etwas zu sagen gehabt hätte, das war klar. Verständlich war sein Schweigen, denn es gab nichts mehr zu retten, außer der Ehre vielleicht.

»Vielen Dank«, sagte Hunkeler. »Ich werde mir erlauben, Sie noch einmal zu besuchen, wenn ich Fragen habe.«

Sengün erhob sich, mit einer leichten Verbeugung.

Hunkeler ging durch die Lothringerstraße. Er schlug den Kragen hoch und drückte den Hut in die Stirn. Ein scharfer Wind wehte. Bestimmt würde es regnen diese Nacht, ein richtiger Landregen würde einsetzen und Basel einwässern. Vorne an der Ecke sah er, wie das Einer-Tram vorbeifuhr. Im vorderen Wagen saßen drei Menschen und schienen zu schlafen, der hintere Wagen war leer. Er überquerte die Voltastraße und betrat die Wirtschaft Zur Neuen Brücke. Eine einschlägige Kneipe für Alkis und Kiffer, gut und sauber geführt. Gedrückt wurde hier nicht, darauf achtete der Wirt, der auf ein gutes Verhältnis zur Polizei Wert legte.

Die Wirtschaft war halbvoll, sieben Tische waren besetzt. Der Stammtisch gleich neben dem Eingang, zwei Tische links, drei Tische rechts. Hinten in der Ecke saß ein junges Paar, das Händchen hielt und schmuste.

Die Leute am Stammtisch, vorwiegend junge, vergammelte Ware, drehten den Kopf, als Hunkeler unter der Tür stehen blieb und sich umschaute. Ein brandmagerer Kerl von knapp zwanzig Jahren in fleckiger Jeansjacke erhob sich, verbeugte sich leicht gegen den Kommissär und wischte hinaus. Hunkeler ging zum Stammtisch und setzte sich auf den leeren Stuhl neben Pedro.

»Wer war das?«

»Das war der schmale Freddy«, sagte Pedro. »Ein Kleindealer. Harmlos, kein Grund zur Aufregung. Was verschafft uns die Ehre?«

Pedro trug wie immer einen sauber gebügelten Zweireiher samt weißem Hemd und Krawatte. Woher er seine Anzüge hatte, wusste niemand genau. Man munkelte, er habe einen guten Freund aus irgendeiner Chefetage, der ihm seine alten Kleider überließ und ihn auch sonst mit dem Nötigsten versorgte. Eine Invalidenrente bezog er jedenfalls nicht, dazu wäre er zu stolz gewesen. Pedro war Berufsmann, jedenfalls behauptete er das. Er hatte vor fast vierzig Jahren mit Hunkeler zusammen die Universität besucht. Ein alter Freund also, der das Studium aufgegeben hatte und erst Werbetexter, dann Übersetzer aus dem Spanischen geworden war. Er saß wie immer vor einem Einer Roten.

»Der Nebel schlägt mir aufs Gemüt«, sagte Hunkeler, »und mein Beruf gibt mir den Rest.«

Er bestellte bei der Kellnerin, einer rundlichen, lebhaften Jugoslawin, eine Flasche Bier.

»Der Lohn aller Rechthaber«, sagte Pedro. »Erst bringen

sie gefallene Frauen und Männer, die Mut hatten zur Tat, hinter Gitter. Dann kommen sie hierher zum Abschaum der Stadt, und wir müssen sie trösten.«

»Stimmt«, sagte Hunkeler, »du hast recht wie immer.«

Er zündete sich eine Zigarette an, rauchte, hustete.

»Kannst du nicht endlich aufhören mit dem Nikotin, in deinem Alter, mit deinem Husten?«, fragte Pedro.

»Warum? Hier rauchen doch alle.«

»Die haben was davon. Die kiffen.«

»Ich habe auch etwas davon«, behauptete Hunkeler.

»Ja, Lungenkrebs.«

Die Kellnerin brachte das Bier und wollte einschenken, aber Hunkeler ließ es nicht zu. Er nahm die Flasche und ließ helles Bier ins Glas fließen, so dass ein luftiger Schaumkragen entstand.

»Zum Wohl«, sagte er.

»Prost. Bezahlst du mir einen?«

Hunkeler nickte und trank. Er liebte diesen ersten Schluck, er liebte den zweiten, und er liebte auch den zehnten Schluck.

Die Leute am Tisch hatten geschwiegen, als er sich gesetzt hatte, und ihn misstrauisch gemustert. Einige kannten ihn, er kannte sie auch. Von der Gasse, vom Lohnhof, in dem hin und wieder einer von ihnen auftauchte wegen öffentlicher Ruhestörung, wegen Sachbeschädigung. Das waren keine schweren Fälle. Harmloses Pack, aus der bürgerlichen Ordnung herausgefallen, überlebend dank Invalidenrente und anderen Sozialleistungen, junge Borderliners, die sich bis jetzt immer wieder vor dem endgültigen Abtauchen hatten retten können.

Er wusste, dass man ihn nicht gern hatte an diesem Tisch. Er wusste aber auch, dass ihn niemand richtig hasste, da er im Ruf stand, im Zweifelsfall einen Delinquenten laufenzu-lassen.

Er schwieg, er schloss die Augen und hörte dem Ge-spräch zu, das wieder eingesetzt hatte. Es ging um Zigeuner im nahegelegenen Elsass, um die Kinder dieser Zigeuner genauer, von denen einige regelrechte Raubzüge nach Basel unternahmen, in Wohnungen einbrachen oder alten Damen die Handtaschen entrissen. Und wenn man sie erwischte, musste man sie nach wenigen Tagen wieder laufenlassen, da sie zu jung waren für den normalen Strafvollzug. Er kannte dieses Problem genau, er hatte die letzten Wochen darüber gearbeitet. Aber dass diese Leute hier sich darüber so sehr ereiferten, erstaunte ihn doch.

»Hast du etwas über die erschlagene Türkin gehört?«, fragte er.

Pedro trank einen Schluck Wein. Er ließ sich Zeit, bis er das Glas absetzte, als ob es ein besonders guter Schluck gewesen wäre. Dann schaute er mit wasserblauen Augen auf.

»Was für eine Türkin?«

»Murbacherstraße«, sagte Hunkeler. »Ihr Mann hat sich heute Abend im Lohnhof erhängt.«

Etwas zuckte in Pedros Augen, kaum wahrnehmbar. Dann waren sie wieder wie reines Wasser.

»Davon weiß ich nichts.«

Hunkeler schenkte sich Bier nach, sorgfältig, bis der Schaumkragen stand.

»Wo wohnst du eigentlich?«, fragte er.

»Du weißt, dass ich keinen festen Wohnsitz habe. Sonst würde ich ja schon längst eine Invalidenrente erhalten.«

»Wenn ein fester Wohnsitz die Voraussetzung für die IV ist, verstehe ich nicht, dass du immer noch herumstromerst. Es würde dir doch kein Zacken aus deiner Krone fallen, wenn du dich ganz normal niederlassen und anmelden würdest. Die IV wäre nur noch Formsache, bei deinem Lebenswandel.«

»Sehe ich aus wie ein IV-Rentner?«

»Nein. Aber ich weiß, dass du am Anschlag lebst.«

Er nahm das Portemonnaie aus der Tasche und legte einen Schein auf den Tisch. Das Gespräch am Tisch verstummte, alle schauten zu.

»Wenn du meinst«, sagte Pedro, »du kannst mich mit hundert Franken kaufen, so ist das eine Beleidigung.«

Er nahm den Schein und zerriss ihn zu kleinen Fetzen, die er in den Aschenbecher fallen ließ.

»Das ist nur Geld«, sagte Hunkeler, »das du zerstörst. Aber der Türkin haben sie das Gesicht zerschmettert.«

Pedro schluckte leise. Dann hob er sein Glas an die Lippen und trank es in einem Zug aus.

»Bezahlst du mir noch einen? Im Übrigen weiß ich wirklich nichts.«

»Du bist doch in diesem Quartier zu Hause«, sagte Hunkeler. »Da musst du etwas wissen.«

»Ich schlafe in der Damentoilette des Parkhauses Heuwaage. Dort liegt eine Warmwasserleitung unter dem Boden. Die wärmt mich. Und fließendes Wasser habe ich auch.«

»Und wenn eine Dame auf die Toilette muss?«

»Dann ist sie besetzt. Um diese Zeit geht dort übrigens keine Dame auf die Toilette.«

»Aber den Tag über hockst du doch in diesen Beizen hier rund um den Voltaplatz, oder nicht?«

»Wenn du es wissen willst«, sagte Pedro, »so kann ich dir meinen Tagesablauf genau schildern. Ich schlafe also auf dem Boden jener Damentoilette. Um sieben stehe ich auf und gehe zu Fuß zur Wohnung meiner Tochter. Die arbeitet auf der Zeitung und stellt mir jeweils eine Thermosflasche mit Kaffee hin. Ich trinke also Kaffee bei ihr und lege mich für zwei Stunden in ihr Bett. Anschließend Rasur und Dusche, als Aftershave benütze ich ihr Eau de Toilette. Dann telefoniere ich, organisiere Übersetzungsaufträge. Zwischendurch esse ich Spiegeleier oder so was. Um elf kommt der Postbote. Ich gehe hinunter, öffne den Briefkasten und nehme meine Post heraus, wenn Post da ist. Meist ist keine da.«

»So genau will ich das gar nicht wissen.«

»Doch. Du hast gefragt, du sollst wissen, wie ein bestandener Sechziger in dieser Stadt zu leben gezwungen ist. Um zwölf verlasse ich die Wohnung und spaziere ins St. Johann hinunter. Du kennst die einschlägigen Beizen. Dort hocke ich mich hinein, trinke zwei, drei Flaschen Bier und steige dann um auf den Rotwein. Aber nur langsam, ich kann mir nicht leisten, besoffen zu werden, ich bin ja kein Staatskrüppel wie du.«

Hunkeler schluckte leer. Er kam sich wieder einmal mies vor, windig, wie ein Hund, der sich verirrt hat und nicht mehr zurückfindet. Er sah, dass die Bierflasche leer war, und bestellte noch eine.

»Ich habe hier übrigens Schulden über 260 Franken«, sagte Pedro. »Wenn es dir hilft, kannst du die bezahlen.«

»Immerhin hast du eine Tochter, bei der du dich erholen kannst. Meine Tochter habe ich schon seit Jahren nicht mehr gesehen.«

»Das kann ich verstehen. Wer will schon einen Polizisten zum Vater haben?«

Hunkeler wusste, dass es so war.

»Ich suche übrigens eine Stelle«, sagte Pedro. »Und ich suche eine Wohnung. Und da mich meine Tochter übers Wochenende nicht in ihrer Wohnung haben will und da im Weiteren die meisten Kneipen übers Wochenende geschlossen sind, suche ich bis Montagmorgen eine Ausweichmöglichkeit.«

Hunkeler hatte den Blick auf die Tischplatte gerichtet und schwieg. Er sah seine Zigarettenschachtel liegen, sein Bierglas stehen. Er spürte, wie er in sich hineinsank. Eine Frauenhand hätte er gebraucht, die ihm den Nacken streichelte. Hedwigs Stimme hätte er gern gehört, ihr Lachen. Aber die hockte jetzt wohl im Elsass in seinem Haus und trank mit irgendeiner Person in aller Gemütlichkeit eine Flasche Wein. Er schreckte auf, weil ihm jemand auf die Schulter klopfte.

»Kopf hoch, junger Mann«, sagte Pedro und grinste. »Keine Angst, wir schauen zu dir.«

Hunkeler merkte, dass er geschlafen hatte, wenige Minuten nur, aber er war abgetaucht. Er rieb sich die Augen und schaute zu den anderen Tischen hinüber. An einem saß ein kleiner Mann mit einer Igel-Frisur. Er hatte vor sich einen Zweier Roten und ein Glas Mineralwasser stehen. Daneben lag ein breit aufgeschlagenes Buch. Das Seltsame war, dass der Mann konzentriert beide Hände bewegte, als würde er dirigieren.

»Wer ist das?«

»Der ist harmlos«, sagte Pedro. »Er ist Dirigent und heißt Jost Meier.«

Hunkeler erhob sich, nahm sein Bier, ging zum kleinen Mann hinüber und setzte sich wortlos.

»Bitte?«, fragte der Mann.

»Was tun Sie hier?«

»La Traviata«, sagte der Mann. »Ich dirigiere sie in der Bulgarischen Staatsoper in Sofia. Warum?«

»Sofia?«, fragte Hunkeler. »Die können doch nichts bezahlen.«

»Stimmt. Aber wir gehen auf Deutschlandtournee. Singen, Nordhausen, Meppen, Fürth und Ulm. Auf dieser Tournee verdienen wir alle gut. Wenn Sie von der Steuerfahndung sind, melden Sie sich bitte telefonisch an. Ich wohne an der Murbacherstraße.«

»Im Haus, in dem Sie wohnen, ist eine türkische Frau erschlagen worden. Sie hat bei Ihnen geputzt.«

»Und gewaschen«, ergänzte der Mann. »Zweimal pro Monat, mehr ist nicht nötig. Ich lebe allein. Sie sind von der Polizei?«

»Peter Hunkeler, Kriminalkommissär.«

»Jost Meier. Biertrinker mag ich übrigens nicht. Die rennen immer ins Pissoir, wenn man sich unterhalten will.«

»Für eine Viertelstunde reicht es«, sagte Hunkeler, »wenn Sie Zeit haben.«

Der Mann schlug die Partitur zu und schob sie in einen Plastiksack. Er verschränkte die Arme und wartete.

»Der Fall ist im Grunde abgeschlossen«, begann Hunkeler. »Herr Aydin hat sich erhängt, in der Zelle.«

Der Mann nickte gelassen.

»Ich weiß.«

»Woher wissen Sie es?«

»Von Fazil Sengün. Er ist gleich zu mir hoch in meine Wohnung gekommen, als er es erfahren hat.«

»Es will mir nicht in den Kopf gehen, dass Herr Aydin seine Frau umgebracht haben soll.«

»Gewissensbisse?«

»Warum?«

»Weil vielleicht wieder einmal ein Schuldiger davonkommt. Ich nehme an, Sie kämpfen für Gerechtigkeit.«

»Ich habe die Leiche der Frau gesehen.«

Jost Meier nahm einen Schluck vom Roten und spülte mit Mineralwasser nach.

»Ich weiß nichts«, sagte er dann. »Ich lebe isoliert. Tagsüber komponiere ich, und manchmal übernehme ich ein Dirigat.«

»Wie war sie?«

»Fröhlich, hilfsbereit. Sie hat wenig geredet, sie konnte nicht gut Deutsch. Aber man hat gesehen, dass sie gern lebt.«

»Kennen Sie das Amulett, das sie um den Hals getragen hat?«

»Das Paar im Kahn. Ja.«

»Warum Paar im Kahn?«, fragte Hunkeler. »Haben Sie diesen Ausdruck von ihr?«

Meier schüttelte den Kopf.

»Sie hat kein Wort gesagt über dieses Amulett. Aber es war ein Paar im Kahn. Das hat man gesehen.«

»Bei welcher Gelegenheit haben Sie das gesehen?«

Meier grinste, dann schüttelte er den Kopf, ungläubig, angewidert. »Das ist doch die Höhe«, sagte er. »Ich will Ihnen helfen, weil ich diesen Totschlag eine Schweinerei finde. Und Sie verdächtigen mich. Ich habe das Amulett zwei-, dreimal gesehen, als sie geputzt hat. Sonst war nichts.«

»Wann haben Sie es zum ersten Mal gesehen?«

»Wenn das ein Verhör sein soll«, sagte Meier und schenkte sich Wein ein, »sage ich nichts mehr.«

»Ich suche Hilfe, ich will wissen, wer es war.«

Meier überlegte. Er trank langsam, spülte mit Wasser nach. »Es war im Sommer. Im Juli wahrscheinlich, es war eine Affenhitze, und sie trug eine offene Bluse. Da habe ich das Amulett zum ersten Mal gesehen. Ich habe mich gefragt: Woher hat sie das?«

»Warum haben Sie sich das gefragt?«

»Jetzt hören Sie auf mit diesen dümmlichen Fragen. Ich erzähle Ihnen freiwillig, was ich weiß. Einverstanden?«

Hunkeler nickte.

»Also. Dieses Amulett stammt aus einer magischen Welt. Nicht aus einem Gebiet des Islam wie die Türkei, sondern aus Mexiko, Afrika oder Indien. Ein wunderschönes Stück. Und fremd am Hals dieser Frau. Aber sie hat es gern getragen, das hat man gesehen. Sie war richtig stolz darauf.«

»Vielleicht war es das Geschenk eines Liebhabers«, sagte Hunkeler.

»Das glaube ich nicht. Sie war nicht eine Frau, die fremdgeht.«

»Woher wissen Sie das?«

Meier grinste breit.

»Sie sind ein Komiker. Wissen Sie das? Eine echte Lachnummer. Nur sind Sie bei mir an der falschen Adresse.«

»Entschuldigung«, sagte Hunkeler. »Diese Fragerei gehört zu meiner Déformation professionnelle. Reden Sie bitte, ich werde schweigen.«

Meier senkte den Blick und überlegte ziemlich lange. »Das vorletzte Mal, als Frau Aydin zum Putzen kam, habe ich bemerkt, dass etwas nicht mehr stimmte. Ich habe ihr das sogleich angesehen, als ich ihr die Wohnungstür aufgemacht habe. Ich will es Ihnen genau erklären. Die Frau war tieftraurig. Aber sie hat versucht, ihre Traurigkeit zu überspielen. Ich weiß nicht, ob Sie das kennen. Jemandem sitzt die Verzweiflung in den Augen, der Schmerz, aber er versucht, einen fröhlichen Schleier darüberzulegen, den Schmerz zu verstecken, auch vor sich selber. Es war, als ob sie sich selber aufgegeben und nur noch aus der Anstrengung gelebt hätte, fröhlich zu scheinen. Es war eine Qual, sie anzusehen.

Das muss vor drei, vier Wochen gewesen sein, Mitte Oktober ungefähr. Ich hätte sie gerne gefragt, was sie habe, aber ich konnte das nicht, da wir nie privat geredet haben zusammen. Ich bin erschrocken. Sie war immer wie eine Sonne gewesen. Und plötzlich war sie kalt wie Stein. Auch mager war sie geworden. Vielleicht hilft Ihnen diese Beobachtung weiter. Darf ich Sie jetzt bitten? Ich muss die Partitur studieren. Wenn es weitere Fragen gibt, so wissen Sie ja, wo ich wohne.«

»Danke«, sagte Hunkeler. »Sie haben mir sehr geholfen.«

Als Hunkeler erwachte, hörte er ein Rauschen, ein monotones Trommeln. Elsass, dachte er, ich liege in meinem Bett im Elsass, und draußen fällt Regen. Er griff nach rechts, nach Hedwigs Leib, aber der war nicht da.

Er öffnete die Augen, da fuhr ihm der Schmerz in den Kopf. Schädelbrummen, zu viel geraucht, zu viel getrunken. Pfui Teufel, dachte er, hört denn das nie auf?

Er sah, dass er im Wohnraum seiner Dreizimmerwohnung an der Mittleren Straße in Basel lag. Und zwar auf der Couch, zugedeckt mit der handgestrickten Wolldecke. Draußen fiel Landregen, hergeweht aus Westen vom Atlantik her, und trommelte gegen das halbgeöffnete Fenster. Am Boden davor lag eine Wasserlache. Kühle Luft kam herein, frisch und kräftig. Er trug seinen Pyjama, auf dem Stuhl neben der Couch lagen seine Kleider.

Er erhob sich, ging in die Küche, schluckte eine Tablette und spülte mit Leitungswasser nach. Dann setzte er Teewasser auf.

Er klopfte an seine Schlafzimmertür und ging hinein. Im Bett lag Pedro, sorgfältig zugedeckt mit der Daunendecke, und schnarchte. Er lag lang ausgestreckt auf dem Rücken, die Hände über der Brust gefaltet. Wie tot, dachte Hunkeler, nur dass da das beruhigende Schnarchen war.

Er ging in die Küche zurück, schüttete Teekraut in die Kanne und goss das Wasser darüber. Er löffelte bedächtig ein Erdbeerjoghurt, trank Tee und spürte, wie der Schmerz im Kopf nachließ. Er versuchte sich zu erinnern.

Der dirigierende Jost Meier in der Neuen Brücke, das Gespräch mit ihm. Der Hinweis, dass Frau Aydin ab Juli das Amulett getragen hatte und ab Mitte Oktober traurig gewesen war.

Eine Stunde nach Mitternacht ungefähr hatten sie draußen auf der Straße gestanden, eine bunte Schar, Pedro, einige Kiffer und Hunkeler. Es war noch jemand dabei gewesen. Richtig, Rolf Herzog, auch er ein ehemaliger Student, der später Journalist geworden, sich aber zurückgezogen hatte und Schreiner geworden war. Ein Stammgast auch er in der Neuen Brücke, ein halber Clochard mit zerfurchtem Gesicht und langem Haar. Er pflegte seine Zigaretten mit sicheren Fingern selber zu drehen, auch wenn es spät war. Und er konnte noch immer herzlich lachen, obschon er seine junge Frau verloren hatte.

Sie waren in die Voltastube in der Elsässerstraße hinübergegangen, eine Beiz, die täglich 24 Stunden offen war und von einer türkischen Familie geführt wurde. Sie hatten sich zusammengedrängt am Tisch gleich neben der Tür, Hunkeler hatte eine Runde ausgegeben.

Er hatte sich zurückgezogen in sein Schweigen, hatte langsam Bier getrunken und gewartet. Auf was, hatte er nicht gewusst. Vielleicht auf den Morgen.

Später war eine Runde Träsch spendiert worden, dann noch eine. Er hatte die kleinen Gläser ausgetrunken, obschon er wusste, dass er Schnaps nicht vertrug.

Irgendwann, um zwei Uhr vielleicht, hatte überlaut türkische Musik eingesetzt, die jedes Gespräch zum Verstummen gebracht hatte. Eine rundliche Frau war hinter der Theke hervorgekommen, leicht bekleidet, mit einem schwarzen Schal um den Hals. Sie hatte zwischen den Tischen einen Bauchtanz vorgeführt, begleitet vom Beizer, der mit den Händen den Takt mitgeklatscht hatte, um die Stimmung anzuheizen. Die Dame hatte mit Hüften und Brüsten gewackelt. Zwischendurch hatte sie hilfesuchend in die Männerrunde geblickt, ob ihr Tanz auch ankomme. Dazu hatte sie unentwegt mit dem schwarzen Schal gewedelt, was offensichtlich ein türkischer Brauch war.

Endlich hatte sich Rolf Herzog erbarmt. Er hatte sich erhoben, war zu ihr getreten und hatte versucht mitzutanzen. Seltsamerweise hatte niemand gegrölt oder faule Sprüche gemacht. Die Darbietung war zu fremdartig gewesen, zu überraschend.

Nach einer Weile hatte die Dame den Schal um Herzogs Hals gelegt, was dieser mit einem charmanten Grinsen zu quittieren versucht hatte. Aber sie hatte den Schal wieder weggenommen und weitergewedelt damit, Rolf Herzog war doch nicht der Auserwählte.

Und jetzt fiel es Hunkeler ein, glasklar, als wäre er überhaupt nicht betrunken gewesen. Ein älterer Herr nämlich hatte sich erhoben, ungefähr sechzig, gut gekleidet, mit Hornbrille, weißem Hemd und Krawatte. Er nahm seine Pfeife aus dem Mund, hustete heftig, legte die Pfeife in den Aschenbecher auf seinem Tisch und ging zur Dame hin. Er lächelte schmierig, als ob er der Überlegene wäre, und bewegte dann mit erstaunlicher Eleganz seine Hüften. So tanzten die beiden, und nach einer Weile legte ihm die Dame mit auffallend liebevoller Bewegung den Schal um den Hals. Der Mann ließ es ruhig geschehen, hob beide Arme in die Höhe und ging dann langsam auf die Knie.

Das war's gewesen. Ein eigentümlicher Auftritt, ein seltsamer Tänzer. Der Beizer hatte sich sogleich hinter die Theke zurückgezogen, als der Mann zur Dame getreten war, er hatte mit versteinertem Gesicht dem Paar zugeschaut.

Es war dann eine normale Sauferei unter Trinkern geworden. Um vier Uhr morgens hatte Hunkeler den schwankenden Pedro mit nach Hause genommen und ihm sein Bett angeboten.

Was war das für ein Mann, warum war er so siegessicher gewesen?

Hunkeler trank die dritte Tasse Tee und wartete. Er musste sich erst erholen vom Schnaps. Ganz ruhig, alter Mann, dachte er, du hast gut gearbeitet, das kannst nur du.

Um halb zwölf kam Pedro in die Küche, in seinen Zweireiher gekleidet.

»Tee?«, fragte Hunkeler.

»Nein, Kaffee.«

Hunkeler setzte Kaffeewasser auf.

»Dusche?«

»Nein, heute nicht.«

Sie warteten, bis der Topf auf dem Gas pfiff. Dann goss Hunkeler kochendes Wasser in den Filter.

»Was war das für ein Mann?«, fragte er.

»Welcher Mann?«

»Der Tänzer.«

»Er heißt Beat Spälti. Ein Winkeladvokat. Er macht den Leuten die Steuererklärungen und berät sie in juristischen Fragen. Er geht jede Nacht ins Volta und bekommt den schwarzen Schal umgelegt.«

»Was bedeutet das? Willst du essen?«

Pedro schüttelte den Kopf.

»Das bedeutet, dass er der Verlobte der Dame ist. So ungefähr. Ein türkischer Brauch offenbar. Kitsch, der nichts zu bedeuten hat.«

»Vielleicht doch«, sagte Hunkeler. »Vielleicht hat es doch etwas zu bedeuten.«

Pedro setzte die Tasse abrupt ab. Es war ihm nicht wohl.

»Hör auf, ja? Es hat keinen Sinn. Diese Gesellschaft hat keine Polizei nötig. Sie hilft sich selber, sie hat nicht auf dich gewartet.«

»Ich hätte die beste Lust«, sagte Hunkeler, »dich einsperren zu lassen, wenn du mir nicht sagst, was du weißt.«

»Einsperren? Weswegen?«

»Du bist nicht gemeldet, du stromerst herum.«

Pedro grinste geringschätzig.

»Das weißt du doch besser, alter Knabe. Sie sperren mich vielleicht ein, und ich schlafe mich im Knast aus. Dann kommt Beat Spälti und holt mich heraus, und ich stromere weiter herum.«

»Im Grunde gehörst du wegen schwerer Verwahrlosung in die Triedmatt«, sagte Hunkeler, »und zwar in die geschlossene Abteilung.«

Pedro senkte den Blick und rührte sorgfältig Zucker in seine Tasse. »Ist das dein Ernst?«

»Nicht unbedingt. Aber ich will wissen, wer die Frau umgebracht hat.«

»Etwas weiß ich«, sagte Pedro, »und das ist kein Geheimnis, das wissen alle. Spälti ist krank. Der nimmt seine Pfeife nur zum Trinken aus dem Mund. Kehlkopfkrebs, in fortgeschrittenem Stadium. Er verweigert eine Operation, weil er dann die Stimme verlieren würde.«

Er erhob sich und rückte seine Krawatte zurecht.

»Vielen Dank für die Gastfreundschaft. Und bis bald.«

Hunkeler blieb sitzen, er rührte sich nicht. Nach einer Weile hörte er, wie die Wohnungstür ins Schloss fiel.

Am späten Nachmittag fuhr er an die Murbacherstraße, parkte und klingelte bei Frau Lüthi. Es goss in Strömen. Das Wasser tropfte ihm in den Kragen, und er ärgerte sich, dass die Tür nicht aufsprang. Er klingelte noch einmal, wartete zehn Sekunden und wandte sich dann ab, um wieder ins Auto zu steigen. Auf dem Trottoir warf er einen Blick zurück und sah hinter dem Parterrefenster links vom Eingang einen Frauenkopf, der ihn bewegungslos anstarrte. Er machte kehrt, betrat den bekiesten Vorplatz, auf dem immer noch die Räder aneinandergekettet waren, und klopfte gegen die Scheibe. Der Frauenkopf verschwand. Im Zimmer wurde eine Lampe angezündet, das Fenster öffnete sich.

»Frau Lüthi?«, fragte er.

»Ja«, sagte die Frau, »was wollen Sie von mir?«

»Wenn Sie die Güte hätten, mich hereinzubitten, so würde ich das sehr freundlich finden. Es regnet nämlich.«

»Warum sollte ich Sie hereinbitten?«

»Weil ich mit Ihnen reden will.«

Er zog seinen Ausweis aus der Tasche und hielt ihn der Frau unter die Augen.

»Ach so«, sagte sie, »kommen Sie herein.«

Es war eine typische Witwenwohnung. Ein Hochzeits-bild auf dem Buffet, das Foto eines Mannes mit Glatze da-neben, Bilder von Kindern und Enkelinnen. In einer Por-zellanvase stand eine Plastikrose. Der Fauteuil in der Ecke war mit einem Leintuch bedeckt.

Hunkeler setzte sich an den Tisch in der Mitte des Zim-mers und betrachtete die Frau, die abwartend vor ihm stand. Sie musste um die siebzig sein, trug violett getönte Dauerwellen und eine dickglasige Brille, die ihre Augen vergrößerte. Ihr Gesicht war seltsam schlaff.

»Warum wollten Sie mir nicht öffnen?«

»Weil ich keinen Besuch brauche. Man muss sich vor-sehen in der heutigen Zeit, besonders in diesem Quartier. Man wird überfallen, wenn man auf die Straße hinausgeht.«

»Aber Sie sind ja in Ihrer Wohnung.«

»Man wird auch in der eigenen Wohnung überfallen, wenn man nicht aufpasst.«

Sie nahm die Hand hinter dem Rücken hervor. Darin lag ein Wallholz.

»Ach so«, sagte Hunkeler. »Sie würden mit dem Wall-holz einem Einbrecher den Kopf zertrümmern, wenn einer käme.«

Sie nickte, legte das Holz auf den Tisch und wartete.

»Ich bin ungefährlich«, sagte Hunkeler. »Ich will bloß mit Ihnen reden.«

»Über was?«

»Sie wissen bestimmt, dass sich Herr Aydin erhängt hat.«

Wieder nickte sie, ungerührt, misstrauisch.

»Haben Sie ihn gemocht?«

Sie schüttelte den Kopf.

»Ich mag Türken nicht. Auch die Jugoslawen mag ich nicht. Die überschwemmen unser Land und leben von unserem Geld. Und sie verachten die Frauen.«

Jetzt war es an Hunkeler zu nicken, langsam, bedächtig. So war das also. Und das mitten in der liberalen Grenzstadt Basel.

»Und Frau Aydin?«

»Im Grunde genommen war die schon recht. Sie war lieb und hat viel gearbeitet. Er hat sie wie eine Sklavin gehalten.«

Sie kam näher heran, offenbar hatte sie Zutrauen gefasst. Sie senkte die Stimme, flüsterte.

»Sie war seine Sexsklavin. Er hat sie auf den Strich geschickt, aus reiner Geldgier.«

»Wie bitte? Sie hat auf der Straße den Strich gemacht?«

»Nein, nicht auf der Straße. Er hat sie zu fremden Männern geschickt, in fremde Wohnungen. Und einige haben sie auch in ihrer Wohnung im zweiten Stock besucht. Ich sehe alles, müssen Sie wissen, mir entgeht nichts.«

Wieder nickte Hunkeler, freundlich, obschon aufs Neue die Übelkeit in ihm aufstieg. Dieses Gesindel, dieses Pack! Erlebte nichts, hatte nie etwas erlebt, aber verleumdete fremde Leute. Er fuhr sich mit der Hand über das nasse Haar.

»Darf ich bitte ein Handtuch haben? Damit ich mich ab-trocknen kann.«

Die Frau rührte sich nicht. Sie überlegte offenbar, ob sie eines ihrer sauber gebügelten Tücher aus dem Schrank ho-len sollte. Lohnte sich das für einen wildfremden Mann?

»Oder wollen Sie, dass ich mich erkälte?«

Endlich gab sie sich einen Ruck, ging in den Gang hinaus und öffnete einen Kasten.

Hunkeler betrachtete den Tisch, an dem er saß. Eine Me-tallschale stand darauf mit zwei Bananen darin und einem Apfel, alles aus Kunststoff. Er hob den Rand des Plastik-tischtuchs hoch, dann ein Stück des weißen, bestickten Tischtuchs. Er sah, dass es ein Auszugstisch war, Nußbaum gebeizt, für mindestens zehn Personen. Für Schwestern und Brüder, für den lieben Ehemann, für Enkelinnen und Enkel, Neffen und Nichten. Aber niemand war da.

Diese Frauen sind zäh, dachte er, die haben nichts an-deres zu tun, als den ganzen Tag auf die Straße hinaus-zuschauen und zu warten. Auf was, wissen sie nicht. Und wenn sie mit 85 sterben, kommt der Trödler, nimmt den Auszugstisch aus Nußbaum mit, stellt ihn ins Schaufenster. Und dann taucht ein türkisches Ehepaar auf und stellt ihn ins Wohnzimmer unter das Bild, das einen türkisblauen Himmel zeigt, in den Minarette hineinragen.

Die Frau brachte das Tuch, er trocknete sich ab.

»Danke. Können Sie sich erinnern, ob Frau Aydin am letzten Dienstag über Mittag Männerbesuch hatte?«

Sie setzte sich, schüttelte traurig den Kopf.

»Das hat mich schon Herr Madörin gefragt. Leider bin ich weg gewesen. Gerade an diesem Dienstag habe ich eine

Carfahrt in den Schwarzwald mitgemacht. Gerade an diesem speziellen Dienstag. Titisee, Feldberg, Schluchsee, St. Blasien. Und gerade während meiner Abwesenheit schlägt der Mörder zu.«

»Was waren das für Besucher? Waren sie jung, waren sie alt?«

»Junge und alte. Ich würde sie sofort wiedererkennen, ich habe ein gutes Gedächtnis.«

»Wäre es nicht auch möglich, dass einige dieser Herren, die das Haus betraten, gar nicht zu Frau Aydin wollten, sondern zum Beispiel zu Herrn Meier?«

»Nein«, sagte sie, »Herr Meier empfängt keinen Besuch.«

»Aber vielleicht empfangen andere Mieter Besuch. Das wäre doch möglich.«

Sie schaute ihn durch die Brillengläser durchdringend an. Wie Fischaugen, kalt und leblos.

»Was wollen Sie eigentlich? Wollen Sie etwa behaupten, Herr Aydin sei nicht der Mörder?«

»Ich wäre froh, wenn Sie mir über irgendetwas genaue Angaben machen könnten. Über einen bestimmten Mann, der zum Beispiel Zigaretten raucht oder Pfeife, über eine bestimmte Automarke.«

»Autos gibt es genug hier«, sagte sie, »die schauen alle gleich aus. Autos verpesten das ganze Quartier. Und vorn am Voltaplatz wollen sie eine ganze Straßenzeile wegreißen, um die Nordtangente zu bauen. Und wem haben wir das zu verdanken? Den Elsässern, die hier arbeiten, weil sie scharf auf den Schweizer Franken sind. Es kommt nichts Gutes aus dem Ausland. Die machen Basel kaputt.«

»Sie haben also keine Ahnung, wer Frau Aydin umgebracht haben könnte.«

Sie erhob sich vom Stuhl, mit erstaunlicher Schnelligkeit. Ihre Fischaugen leuchteten empört.

»Ich weiß es genau. Es war Herr Aydin. Und jetzt muss ich Sie bitten, meine Wohnung zu verlassen.«

Draußen auf der Straße drehte sich Hunkeler noch einmal um. Er sah das reglose Frauengesicht hinter der Scheibe.

Im Haus gegenüber war ein Fahrradgeschäft. Giovanni Nardi stand in roten Buchstaben über das Schaufenster geschrieben. Schon wieder ein Fremder also, der sich die Frechheit herausnahm, für wenig Geld den Leuten in St. Johann die Räder zu reparieren. Das Geschäft war geschlossen. Hunkeler setzte sich ins Auto und fuhr los.

Er nahm den Weg den Kiesgruben entlang nach Hegenheim. Am Schweizer Zoll stand ein uniformierter Zöllner im Regen, hart wie Granit der Unbill der Witterung trotzend. Der französische Zoll war unbewacht.

Hunkeler fuhr langsam, mit Abblendlicht und drehenden Scheibenwischern. Er fühlte sich müde, zerschlagen. Da hockt eine Siebzigjährige allein in einer Dreizimmerwohnung, dachte er, mit Rente und, wenn diese nicht reicht, mit Sozialhilfe. Sie könnte sich ein schönes Leben machen, könnte eine Freundin in ihre Wohnung bitten oder einen vereinsamten Witwer, könnte Kinder hüten, Spaziergänge machen oder einen Rollstuhl schieben, könnte sich auch einmal ins Kaffeehaus setzen zu einem Schwatz. Aber nein, sie getraut sich nicht auf die Straße, sie bunkert sich ein und schimpft über die Ausländer. Pfui Teufel! Er öffnete das linke Seitenfenster und spuckte in den Nebel hinaus.

In Hegenheim hing bereits die Weihnachtsbeleuchtung über der Straße, der Stern von Bethlehem mit meterlangem Schweif. Ein tröstliches Zeichen, das ländliche Geborgenheit mit Esel und Ochs und andächtigen Hirten versprach.

Nach Hésingue stieg die Straße an, der Nebel wurde dichter. Er schaltete in den zweiten Gang, ein einsamer Fahrer in leerer, verpisster Landschaft. Er wusste nicht einmal, ob er willkommen sein würde. Er hatte Hedwig enttäuscht, ja beleidigt, das hatte er deutlich gesehen, als sie sich in der Kunsthalle verabschiedet hatte.

Nach einer Viertelstunde Fahrt parkte er vor seinem Haus. Rechts stand die Scheune mit dem eingefallenen Dach, links der kahle Nußbaum, den er vor fünfzehn Jahren gesetzt hatte. Er sah, dass in der Stube Licht brannte, und trat ein.

Am Tisch saßen Hedwig und Annette, vor sich eine Kasserolle mit Kalbsvoressen und eine Flasche Wein. Hedwig erhob sich erfreut, kam auf ihn zu und umarmte ihn.

»Schön, dich zu sehen«, sagte sie. »Setz dich zu uns.«

Er setzte sich hin.

»Geht's dir nicht gut?«, fragte sie.

»Nein. Ich bin erst um vier ins Bett gegangen. Pedro hat bei mir geschlafen.«

»Wenn Hunkeler auf den Putz haut, dann krachen eben die Wände.«

Er grinste blöde, schaute zu, wie sie ihm Wein einschenkte und Fleisch und Reis schöpfte.

»Seit wann ist es Mode«, fragte er hässig, »dass ich von dir bedient werde?«

»Geh einmal hoch ins Bad und schau dich im Spiegel an. Dann weißt du, warum. Du bist ja nur noch ein Häuflein Elend.«

Er trank einen Schluck, vorsichtig, aß Fleisch, eine Karotte, eine halbe Zwiebel. Vom Bauernhaus drüben war das Saugen der Melkmaschine zu hören. Das Rauschen des Regens, das Knistern des Feuers im Ofen. Auf dem Bett in der Ecke schnurrten zwei Katzen.

Annette erzählte von der Sonderklasse, die sie im Volta-Schulhaus betreute. Sie kam aus einer alten Basler Familie, aber sie wäre lieber aus einem einfachen Haus gewesen, was Hunkeler komisch fand. Eine herbe Schönheit, sympathisch, klug und witzig. Und wenn man genau hinschaute, blitzte ihre Erotik auf.

»Der kleine Abdul will mich immer in den Arm beißen«, erzählte sie. »Er kommt aus Marokko und kann nur wenige Worte Deutsch. Hure, kaputt, ficken usw. Er beißt mich in den Arm wie ein Hund. Er schlägt seine Zähne hinein, gerade so tief, dass es schmerzt, aber noch auszuhalten ist. So hält er den Arm fest, zwei, drei Minuten lang. Dann lässt er los und strahlt mich an.«

»Und du lässt das zu?«, fragte Hedwig.

»Ich muss es zulassen, denn ich weiß, dass es eine Liebesbezeugung ist. Er ist so frustriert, dass das Zubeißen die einzige Möglichkeit ist, seine Liebe zu zeigen. Das kann ich ihm unmöglich verweigern.«

»Erst beißt er, dann reißt er, dann schlägt er zu.«

»Nein. Solange er beißen darf, schlägt er nicht zu. Mich darf er beißen, dafür werde ich ja bezahlt.«

»Beißen ist besser als schlagen«, sagte Hunkeler. »Noch besser wäre allerdings küssen. Warum kann er nicht küssen?«

»Weil er kaputt ist«, sagte Annette. »Er kann gar nichts, er verweigert alles. Er sagt keinen zusammenhängenden Satz, auch nicht auf Arabisch oder Französisch. Er klatscht nicht in die Hände, er hüpft nicht herum, wenn alle anderen herumhüpfen.«

»Die Männer erschrecken mich«, sagte Hedwig, nachdem sie genüsslich ihr Glas geleert hatte. »Das männliche Prinzip ist Aggression, Zerstörung. Gerade jetzt hat in Deutschland wieder ein Mann ein Mädchen vergewaltigt und erwürgt. Es wird mir übel, wenn ich mir das vorstelle. Und wie war das eigentlich mit der Türkin im St. Johann? Es hat ihr doch einer das Gesicht zerschmettert.«

Sie schaute Hunkeler herausfordernd an, angriffslustig, als ob er schuldig gewesen wäre.

»Ich weiß nicht«, sagte er, »ob das so einfach ist. Man kann ja nichts dafür, dass man Mann ist.«

»Nein, aber man kann ein bisschen lieb und freundlich sein zur Frau, die man liebt.«

»Ich finde«, sagte er, »man kann nur staunen darüber, dass nicht mehr Unglücksfälle passieren in Sachen Erotik. Stell dir einmal vor, wie schwierig, ja unmöglich es im Grund ist oder zu sein scheint, dass alle Menschen einen erotischen Partner finden.«

»Partnerin«, warf sie ein.

»Eine erotische Partnerin finden, die ihnen zusagt. Theoretisch würde ich sagen, dass das nur in Glücksfällen geschehen kann. Und jetzt schau mal, wie viel auf der ganzen Welt geliebt wird. Du siehst die unmöglichsten Paare in der Gegend herumlaufen, von denen du keine Ahnung hast, was sie zusammenhält. Trotzdem legen sie sich zueinander ins Bett. Ganz selten geschieht dabei etwas, was sich nicht verstehen lässt. Ganz selten gibt es Mord und Totschlag. Verglichen mit den Autounfällen ist das ein Klacks. Aber über die Opfer des Straßenverkehrs regt sich niemand groß auf. Gibt's indessen ein Sexualopfer, so sind sämtliche Fernsehkanäle voll davon. Das ist doch pervers.«

»Ich finde«, sagte Annette, »du vertrittst ausschließlich einen Männerstandpunkt. Ich als Frau möchte zärtlich geliebt sein.«

»Ich als Mann auch.«

»Und wenn es nicht klappt, so schlägst du zu?«

»Nein. Dann bin ich traurig.«

»Was war denn das für einer«, sagte Hedwig, »der die Türkin totgeschlagen hat?«

»Ich weiß es nicht.«

Er schob den Teller weg, trank sein Glas aus. Er hatte genug von diesem Gespräch. »Wenn die Damen gestatten, so lege ich mich aufs Bett zu den Katzen. Die sind nämlich zärtlich.«

Er erhob sich und ging zum Bett in der Ecke. Er legte sich so hin, dass die Katzen an seinen Bauch zu liegen kamen. Sie öffneten kurz die Augen, schnurrten lauter und schliefen wieder ein. Er hörte zu, wie die Frauen leise weiterredeten. Er hätte sich auch im Nebenzimmer hinlegen können, in Hedwigs Bett. Aber er liebte diese Frauenstimmen. Sanfte Töne, bedächtige Pausen, das Klicken eines Feuerzeuges. Und immerzu das Schnurren der Katzen.

Er erwachte, weil ihm jemand übers Haar strich. Es war Hedwig.

»Zieh dich aus, wie ein anständiger Mensch«, sagte sie.

Er erhob sich, legte die Kleider sorgfältig über den Stuhl und schlüpfte in seinen Pyjama. Er ging hinaus und pisste ins Kraut. Das Bauernhaus gegenüber war kaum mehr zu sehen. Mit regennassen Füßen tappte er zurück in die Stube, schob zwei Scheite in den Ofen, betrachtete kurz die Katzen, löschte das Licht und ging hinüber ins Nebenzimmer, um sich zu Hedwig zu legen.

Am andern Morgen, nachdem er von ihr auf ihre sanfte, genaue Art geliebt worden war, bereitete er in der Küche das Frühstück, weckte sie und aß mit ihr, schweigend. Die beiden Katzen auf dem Fenstersims, draußen der Kirschbaum im Nebel, im Herd die Glut.

Um zehn gingen sie zusammen in den Regen hinaus, in Pelerinen und Gummistiefeln. Sie überquerten den Bach, der den Weg handhoch überflutet hatte. Oben auf der Hochebene blies der Westwind und trieb den Nebel vor sich her. Dann nahm sie der Wald auf, Buchen, Eichen, Akazien. Sie hörten die schweren Tropfen auf ihre Pelerinen klatschen, wateten durch die Pfützen im Lehm. Der Nebel lag hier weniger dicht, die glatten Buchenstämme trugen einen leichten Schimmer.

»Halt«, flüsterte er, »dort stehen sie.«

Sie hielten an, und er zeigte nach vorn, wo ein Rehbock und eine Geiß im Regen standen. Man sah ihre dunklen

Augen, ihr dampfendes Fell. Nach einer Weile wandte sich die Geiß ab, setzte an zum Sprung und verschwand mit langen Sätzen hinter den Stämmen, gefolgt vom Bock.

»Ich liebe dich«, flüsterte er.

Sie schob die Kapuze vom Kopf, schüttelte ihr Haar, so dass es tanzte, und lachte herzlich.

»Die waren schön«, sagte sie, »aber du brauchst dich für nichts zu entschuldigen.«

Sie nahm seine Hand, und so gingen sie weiter, ein altes, verliebtes Paar.

Sie kehrten in Knoeringen bei Münch ein und fanden hinten beim Kachelofen noch einen freien Platz. Die übrigen Tische waren alle besetzt von Männern im Sonntagsgewand, vor sich den schwarzen Hut, daneben den Viertel Weißwein. Kirchgänger waren das oder solche, die zu spät aus dem Bett gekommen waren und direkt die Beiz aufgesucht hatten zum fröhlichen Männerschwatz.

»Wo sind denn die Frauen?«, fragte sie, als sie Kaffee bestellt hatten.

»Zu Hause in der Küche, wie es sich gehört.«

Sie wollte schon aufbegehren. Aber als er entschuldigend mit den Achseln zuckte, ließ sie es bleiben, um den sonntäglichen Frieden nicht zu stören.

Am Montagmorgen saß Hunkeler in seinem Büro im Lohnhof und las die Rapporte des Wochenendes. Drei Entreißdiebstähle in der Innenstadt, die Täter waren auf Mopeds entkommen. Zwei Einbrüche auf dem Bruderholz. Erbeutet worden waren Uhren und Schmuck im geschätzten Wert von 60 000 Franken, Täter unbekannt. In Kleinhüningen hatten drei Jugendliche aus dem Elsass ins Lebensmittellager eines Großverteilers eingebrochen und versucht, mit Dynamit einen zentnerschweren Tresor aufzusprengen. Dabei waren sie vom Nachtwächter überrascht und vom alarmierten Pikett geschnappt worden.

Sie waren mit dem Auto über die Europabrücke nach Deutschland gekommen, ohne Fahrausweis, versteht sich, und hatten an der Schweizer Grenze geparkt. Sie waren herübergeschlichen im Gebiet der Langen Erlen, hatten eine Tür aufgebrochen und sich an die Arbeit gemacht, ein Junge und zwei Mädchen, alle drei wohnhaft in einer Wohnwagensiedlung an einem Kanal bei Mulhouse.

Er trat auf den Gang hinaus zum Automaten, um Kaffee zu holen. Er begegnete Haller, der Wochenenddienst gehabt hatte und traurig an seiner erloschenen Pfeife sog. Hallers Trauer hatte nichts zu bedeuten, Haller war immer traurig, er war schon traurig zur Welt gekommen.

»Wo sind die drei mit dem Dynamit?«, fragte Hunkeler.

»Unten im Keller.«

»Komm mit. Ich will mit ihnen reden.«

Gemeinsam stiegen sie hinunter, Haller öffnete die Tür. Auf einem Bett saßen drei Kinder, schön nebeneinander, drei Vögel auf einem Ast. Das größere Mädchen sprang auf, als Hunkeler hereinkam, und wollte entwischen, aber Haller schloss schnell die Tür.

Hunkeler setzte sich aufs Bett gegenüber, zündete sich eine Zigarette an, rauchte langsam und schaute sich die drei an. Gesunde Kinder mit braunem Teint, aufgeweckt, ärmlich gekleidet. Das kleinere Mädchen hatte seine Turnschuhe mit Bast geschnürt.

»Gehst du zur Schule?«, fragte er den Jungen.

»Manchmal. Warum?«

»Damit du etwas lernst. Oder willst du keine Lehre machen?«

Der Junge schüttelte den Kopf. Nein, er wollte nicht.

»Nehmen wir einmal an«, sagte Hunkeler, »das Dynamit wäre im falschen Moment explodiert und hätte einem von euch eine Hand abgerissen. Was dann?«

»Was für Dynamit?«, fragte das größere Mädchen. »Wir wissen nichts von Dynamit. Das wäre viel zu gefährlich für uns.«

Hunkeler nickte. Er erhob sich und ging mit Haller hinaus.

»Der Jugendanwalt meint«, sagte Haller draußen im Gang, »er müsse sie laufenlassen. Aber erst übermorgen. Sie sollen einen Schrecken bekommen und schmoren. Und ihre Eltern auch. Vielleicht bleiben sie dann eine Weile zu Hause.«

Hunkeler ging hoch in sein Büro, trank Kaffee und überlegte. Er verstand diese Leute ja schon, die ihren Nachwuchs auf Raubzug schickten. Sie riskierten nicht viel, aber im Grunde war es eine Schweinerei, die eigenen Kinder mit Dynamit einen Tresor knacken zu lassen. Eine Ohrfeige, das wär's, oder zwei. Eine richtige Tracht Prügel. Er grinste schief, er schüttelte den Kopf. Er sah keine Lösung.

Er erhob sich, trat ans Fenster und schaute in den Hof hinaus auf den Ahorn. Der Nebel hatte sich gelichtet, aber es regnete noch immer. Auf dem laublosen Baum saßen drei

Krähen mit kräftigen Schnäbeln und schimmerndem Gefieder, drei schwarze Proleten im Frack.

Da ging die Tür auf, herein kam Staatsanwalt Suter mit rot angelaufenem Gesicht, in grauem, tadellosem Anzug.

»Jetzt reicht's«, schrie er. »Ich werde Ihnen ein Disziplinarverfahren anhängen. Ich werde dafür sorgen, dass Sie entlassen werden. Auf der Stelle, sofort.«

»Das geht leider nicht so einfach«, sagte Hunkeler, »ich bin beamtet.«

»Aber nicht bei Ihrem kriminellen Vorgehen. Das muss geahndet werden. Sie werden noch Ihr blaues Wunder erleben.«

»Wer schreit, hat unrecht. Das ist ein Zitat von Ihnen.«

Suter schnappte nach Luft. Er versuchte, sich zu beruhigen. Es gelang ihm nur halb.

»Was tun Sie eigentlich hier?«

»Ich überlege, was man gegen die Jugendkriminalität unternehmen könnte«, sagte Hunkeler pflichtbewusst. Er war auf der Hut, er wusste, was kommen würde.

»Und diese Studien in Sachen Jugendkriminalität betreiben Sie, indem Sie sich in einen abgeschlossenen Mord- oder Totschlagfall einmischen und an der Murbacherstraße herumschnüffeln?«

Hunkeler griff sich eine Zigarette, zündete sie an und wurde von einem Hustenanfall gepackt.

»Sie sind ja nicht Herr über sich selber. Sie sind ein Suchthaufen, Sie saufen und rauchen und treiben sich mit Basels Abschaum in den übelsten Kneipen herum.«

Ach so, das wusste er auch. Also hatte in der Neuen Brücke oder im Volta ein stiller Beobachter gesessen.

»Wer hat Ihnen das erzählt«, fragte er, »dass ich an der Murbacherstraße gewesen bin?«

»Fazil Sengün hat angerufen. Er hat sich beschwert. Das ist ja die Höhe, dass sich friedliche türkische Gastarbeiter von der Basler Polizei belästigt fühlen.«

Hunkeler überlegte, schnell und präzise. Wer konnte ihn bei seiner Sauftour beobachtet und diese Beobachtung der Polizei mitgeteilt haben, anonym vermutlich? Pedro? Wohl kaum. Beat Spälti, der Jurist war und bestimmt schon mit der Basler Polizei zu tun gehabt hatte? Auch nicht, nein, der war zu verkommen. Der schmale Freddy vielleicht, der Kleindealer? Ein betrunkener Kommissär in einschlägigen Beizen, das gehörte sich selbstverständlich nicht, das war ihm bekannt. Wenn er sich schon betrinken wollte, dann hatte das in privatem Kreise zu geschehen.

»Ich pflege meine Freiheit so zu gestalten«, sagte er, »wie ich es für richtig halte. Manchmal pflege ich ein paar Gläser Bier zu trinken. Und ab und zu erfahre ich dabei etwas, was für meine Arbeit durchaus nützlich sein kann.«

Staatsanwalt Suter stöhnte vernehmbar, ein armer, leidgeprüfter Mann. Er setzte sich an den Tisch, wartete eine Weile und ergriff dann ruhig und gefasst das Wort.

»Kommen Sie her, setzen Sie sich.«

Hunkeler setzte sich.

»Es muss doch möglich sein«, sagte Suter, »normal mit Ihnen zu reden, ohne Geschrei, von Mann zu Mann. Also, hören Sie zu. Ich weiß, dass Sie ein besonderer Kommissär sind, der manchmal unorthodox arbeitet. Und ich gebe gern zu, dass Sie auf diesem Wege auch schon überraschende Erfolge erzielt haben. Ich weiß, dass Sie beamtet sind.

Die wenigen Jahre, die Sie noch im Dienst sind, werden wir uns ja wohl noch vertragen können.«

Kunstpause. Hunkeler nickte.

»Aber es ist unerträglich«, Suters Stimme hob sich wieder in gefährliche Höhe, »dass Sie sich selbständig machen. Wir sind eine Hierarchie, wie das Militär. Wir sind eine Männerorganisation, weil Polizist ein gefährlicher Beruf ist, der Kraft und Durchhaltevermögen verlangt. Frauen sind bei uns nur für Spezialaufgaben einsetzbar. Das wissen Sie alles, Herr Kommissär.«

Wieder nickte Hunkeler. Er sah, wie Suter mit sich rang, um ruhig zu bleiben.

»Wir sind kein Anarchistentrupp. Wir sind eine straff geführte, schlagkräftige Organisation. Wenn jeder tut und lässt, was er will, zersplittern wir in tausend Einzelteile und verlieren unsere Stoßkraft. Wir müssen unsere Kraft bündeln, Sie kennen das Beispiel des Rutenbündels. Einen einzelnen Zweig kann man ohne weiteres zerbrechen. Ein Rutenbündel potenziert die Widerstandskraft der einzelnen Ruten. Ein Rutenbündel ist nicht zerbrechbar.«

»Rutenbündel heißt auf Lateinisch fascis«, sagte Hunkeler. »Daraus ist das Wort Faschismus entstanden.«

Suter versuchte ein überlegenes, mitleidiges Lächeln. »Ach gehen Sie mit Ihren veralteten 68er Theorien. Das ist kalter Kaffee. Heutzutage muss jedes Unternehmen militärisch straff geführt werden, wenn es überleben will. Heute herrscht Krieg, in jedem Geschäft, in jeder Bank, auf jeder Straße. Wir vom Kriminalkommissariat müssen diesen Krieg gewinnen, wenn wir die Ordnung aufrechterhalten wollen. Denken Sie nur an das organisierte Verbrechen, an die Russen-Mafia zum Beispiel, die von Osten her unsere Demokratie bedroht. Haben Sie Zieglers neues Buch nicht gelesen? Das war auch ein 68er, aber der hat dazugelernt, der sieht klar.«

Hunkeler schüttelte den Kopf, nein, er hatte dieses Buch nicht gelesen.

»Es ist unsere nobelste Aufgabe«, dozierte Suter, »Recht und Ordnung zu bewahren. Wo kämen wir sonst hin? Raubrittertum, Anarchie. In diesem Krieg sind keine Alleingänge gestattet.« Wieder eine Kunstpause. Suters entschlossene, eindringliche Augen. Sein leicht behaarter Handrücken auf dem Tisch, die manikürten Fingernägel.

»Haben wir uns verstanden? Der Fall Aydin ist gelöst und abgeschlossen.«

Hunkeler nickte.

Am Dienstagabend saß Hunkeler vor seinem Fernseher und schaute sich einen Derrick an. Der Film war wie immer bei dieser Serie gut gemacht, handfeste, professionelle Konfektion. Nur war das Drehbuch wieder einmal hanebüchen. Eine Mädchenleiche im Schilf, mit zwei Litern Ketchup auf dem nackten Bauch. Später eine Villa mit spärlich möblierten Zimmerfluchten. Ein Rolls-Royce, eine verhärmte, herrschsüchtige alte Dame mit strenger Blondinenfrisur. Und ein mieser Schwiegersohn, der sich aus Geldgier in die Villa eingeheiratet hatte.

Verärgert schaltete er den Apparat ab, bevor der Mörder gefasst war. Was meinten diese Textfritzen eigentlich? Ein bisschen totes Mädchenfleisch, damit man sich empören konnte. Ein paar Millionen Mark, damit man sich aufgeilen konnte. Und dazu der rechthaberische Moralist Derrick, damit die Kirche im Dorf blieb.

Aber was war denn er, Hunkeler, für ein Mensch? War er selber nicht auch ein spießiger Moralist, dem es unerträglich war, wenn ein Verbrechen ungesühnt blieb? Er wusste längst, dass Schuld zum menschlichen Leben gehörte wie Liebe, Geburt und Tod. Es gab die Schuldigen, die einen Menschen langsam hinrichteten, ohne es zu merken. In vielen Ehen geschah dies, in denen nur der Stärkere überlebte. Es gab die Eltern, die ein Kind malträtierten, bis es nicht mehr selbständig und lebensfähig war. Es gab die wirtschaftlich und politisch Schuldigen, die ganze Industrien und Staaten ruinierten und die Natur notzüchtigten. Und auch sie genossen ihren Ruhestand.

Dann gab es noch die Totschläger und Totschlägerinnen, welche in einer Extremsituation die Nerven verloren und einen anderen Menschen erschlugen. Dies war ein Kapitalverbrechen, bei dem die Medien und in deren Gefolge sämtliche Spießer und Spießerinnen aufschrien und Sühne verlangten. Und warum? Weil in ihnen selber, in jedem Einzelnen, ein potentieller Mörder steckte. Sie schrien nach Sühne der eigenen Mordkapazität.

Fazil Sengün hatte recht gehabt. Dem Ehepaar Aydin war nicht mehr zu helfen. Und den Mörder würde das schlechte Gewissen bestrafen.

Er zog Mantel und Hut an, stieg hinunter und ging die paar Meter zur Wirtschaft Sommereck. Ein mieser Novemberabend, nass und kalt. Ein Marder rannte über die Fahrbahn, in seltsam langgestreckter Wellenbewegung. Der wohnte drüben im Park des Augenspitals.

Im Sommereck saß Edi, der Wirt, an seinem Stammplatz hinten in der Ecke und blätterte in einer Zeitschrift. Sonst war niemand da. Hunkeler setzte sich zu ihm und bestellte ein Bier.

»Trister Abend«, sagte er.

»Was willst du? Im Schweizer Kanal läuft Derrick. Dagegen kommt keine Beiz an.«

»Ein mieser Film, ich habe abgeschaltet. Mord und Totschlag in gehobener Gesellschaft. Als ob Mord und Totschlag bei den Millionären an der Tagesordnung wären.«

»Und? Sind sie es nicht?«

»Wenn die Reichen ihre Leidenschaft nicht besser beherrschen könnten als die Armen, wären sie nicht reich.«

»Vielleicht ist es auch umgekehrt«, sagte Edi. »Vielleicht sind die Reichen deshalb reich, weil sie ihre Leidenschaft, Geld zu verdienen, besser ausleben können.«

Hunkeler nickte. Vielleicht war es so, vielleicht war es auch anders, wer wusste das? Er erhob sich, warf einen Zweifränkler in den Musikautomaten und wählte die Platten, die Edi aus der Karibik mitgebracht hatte, Big bamboo, Oh Island in the Sun, Working for the Yankee-Dollar, yeah.

»Was war eigentlich mit dieser Türkin an der Murbacherstraße?«, fragte Edi. »Hat sie wirklich der Ehemann totgeschlagen?«

»Woher weißt du das?«

»Aus dem Blick. Die haben das groß gebracht.«

»Der Staatsanwalt hat den Fall abgeschlossen. Der Ehemann ist der Täter.«

»Aber der Ehemann hat sich doch in der Zelle erhängt.«

»Und? Was blieb ihm anderes übrig, nachdem seine Frau tot war?«

»Du glaubst also auch nicht daran.«

»Wer sagt das?«

»Du hast es selber gesagt«, meinte Edi. »Du hast gesagt: nachdem seine Frau tot war. Und nicht: nachdem er seine Frau umgebracht hatte.«

Hunkeler spürte, wie ihm das Blut in den Kopf stieg.

»Hör auf, ja?«

Aber Edi insistierte, auch er ein kleiner, verbissener Kriminalpsychologe.

»Wenn der Ehemann seine Frau im Affekt totgeschlagen hätte, so hätte er sich gleich anschließend gerichtet, nachdem ihm seine Tat bewusst geworden war. Doch nicht erst drei Tage später. So etwas tut kein Mensch.«

»Und wenn die Gewissensbisse an seiner Seele genagt haben, drei Nächte lang in der einsamen Zelle, bis er es nicht mehr ausgehalten hat?«

»Vielleicht hat er Gewissensbisse gehabt, weil er nicht besser auf sie aufgepasst hat. Sie scheint ja eine hübsche Frau gewesen zu sein.«

»Wer war es denn? Wer?«, schrie Hunkeler und warf seinen Stuhl um.

»Hör mal, ich will ja nur ein bisschen reden mit dir, weil mich die Sache interessiert.«

»Die Sache geht dich nichts an«, schrie Hunkeler, »und mich geht sie auch nichts an. Schluß und Amen.«

Er schmiss das Geld für das Bier auf den Tisch, riss die Tür auf und trat hinaus in den Regen.

Er hätte heimgehen, sich wieder vor den Fernseher setzen oder ein Buch lesen können. Er hätte Hedwig besuchen können. Aber er wollte nicht. Er wollte Theo Ruf besuchen, bei dem Frau Aydin geputzt hatte.

Er fand die Adresse in der Telefonkabine vorn an der Ecke. Beruf: Kunstmaler.

Hunkeler ging durch die Mittlere Straße bis zum Kannenfeldplatz und bog rechts ab zum Rhein hinunter. Kein Mensch war unterwegs. Hinter einigen Fenstern tanzte das Licht der Fernsehapparate. So war das eben, das Leben fand nicht mehr auf Straßen und in Beizen statt, sondern nur noch auf der Mattscheibe. Er hörte ein Flugzeug vorbeibrummen, das den Airport ansteuerte. Zu sehen waren die Lichter nicht, die Wolken hingen zu tief.

Er fand Theo Rufs Namensschild neben der Tür eines verlotterten Backsteinbaus an der Gasstraße. Er stieß das schwere Tor auf, durchquerte die Durchfahrt und öffnete die Tür zum Hinterhof. Er sah einen kleinen Riegelbau, in dem Licht brannte, er hörte ein lautes Trommeln. Er klopfte mehrmals, bis die Tür aufging. Ein bärtiger Mann stand vor ihm, ungefähr fünfzig, dürr und lang, in schwarzem Pullover und schwarzer Hose. Der Mann war barfuß.

»Was wollen Sie?«, schrie er, um das Trommeln zu übertönen.

»Mit Ihnen reden«, schrie Hunkeler zurück. »Sind Sie Theo Ruf?«

Der Mann versuchte sich zu verbeugen und wäre beinahe vornübergefallen. Er fing sich auf, lächelte.

»It's myself.« Langsam und etwas steif in den Knien schritt er nach hinten zu einem CD-Spieler und stellte ihn ab. Dann griff er nach einem Rotweinglas, trank und ließ sich langsam in einen Fauteuil gleiten, der früher einmal gelb gewesen sein musste. Dort blieb er liegen, nahm eine filterlose Zigarette und rauchte.

»Darf ich?«, fragte Hunkeler und trat mitten in den Raum, der den ganzen Grundriss des Hauses ausfüllte. Auf einer Staffelei lag eine Leinwand, auf die zwei ineinander verhängte Dreiecke gemalt waren, das eine rot, das andere schwarz. An den Wänden hingen weitere Bilder, die ebenfalls Dreiecke zeigten. Etwas wie konkrete Kunst aus den fünfziger Jahren, dachte Hunkeler, sauber und präzise ausgeführt. In einer Ecke ein blaues Rennrad der Marke Cilo mit platten Reifen, daneben drei Autopneus. Hinten, wo eine Treppe nach oben führte, stand ein Gaskocher auf einem Harass. Im Lavabo schmierige Gläser.

»Ich bin so frei«, sagte er und setzte sich auf den Stuhl neben der Staffelei. Er betrachtete den Kunstmaler Theo Ruf.

Der Mann war ein Trinker, das war offensichtlich. Violette, geschwollene Nase, das Weiß der Augen rötlich angelaufen.

»Wie schaffen Sie das?«, fragte Hunkeler.

»Was?«

»So genau und sauber zu malen, wenn Sie doch immer betrunken sind?«

»Ich brauche mindestens ein Promille, um anfangen zu können.« Ruf redete klar, ohne anzustoßen. »Ich male bis gegen zwei Promille. Dann höre ich auf.«

»Ihre Bilder gefallen mir«, sagte Hunkeler, und er log nicht. »Verkaufen Sie gut?«

»Früher ja. Jetzt nicht mehr.«

»Was war das eben für Musik?«

»Mali«, sagte Ruf und zündete sich an der alten die neue Zigarette an. »Mali war meine zweite Heimat, früher, als ich noch gereist bin.«

»Jetzt reisen Sie nicht mehr?«

»Nein. Ich klebe fest wie eine Fliege am Fliegenfänger.«

Hunkeler fingerte in der Jackentasche nach einer Zigarette, steckte sie an, rauchte und unterdrückte mühsam den Husten.

»Ich nehme an, mein Kollege Madörin ist schon hier gewesen und hat Sie nach Aische Aydin gefragt.«

Theo Ruf nickte, nahm eine der vollen Weinflaschen, die neben dem Fauteuil standen, und öffnete sie sorgfältig, fast liebevoll. »Meine Frau ist mir weggelaufen, müssen Sie wissen, das verdammte Miststück. Vor sechs Jahren war das. Sie war der Fliegenfänger. Jetzt hocke ich ohne Flügel da.«

Er kicherte, als würde er Gefallen finden an seinem flügellosen Dasein, erhob sich und stakste zum Lavabo, wo er ein Glas auswusch. Er brachte es nach vorn, stellte es auf eine Kiste und schenkte ein. Dann füllte er sein eigenes Glas.

»Zum Wohl«, sagte er.

Hunkeler trank. Es war Rotwein der übelsten Sorte.

»Mich wundert bloß, dass Frau Aydin hier geputzt haben soll«, sagte er.

»Bitte, dort ist die Tür, wenn der Schmutz Sie stört.«

»Er stört mich nicht.«

»Oben hat sie geputzt«, sagte Ruf, »im Zimmer, in dem

ich schlafe, und in Esthers Zimmer. Esther ist meine Frau, das Miststück.«

»Wenn sie weg ist, brauchen Sie ja nicht mehr zu putzen.«

»Und wenn sie zurückkommt? Sie soll ein sauberes Zimmer antreffen. Mit Grünpflanzen und Blumen. Wollen Sie es sehen?«

Gemeinsam stiegen sie die Treppe hoch, der Maler voran, ohne zu stolpern. Er öffnete eine Tür, und Hunkeler betrat einen weißen Raum. Das Bett weiß bezogen, der Teppich weiß, Tisch und Stuhl weiß, Kasten und Vorhänge weiß. Auf einem weiß gestrichenen Gestell standen weiße Töpfe, in denen Kakteen mit roten Blüten wuchsen.

»Und Ihr Zimmer?«, fragte Hunkeler.

Ruf ging in den Gang zurück und öffnete eine zweite Tür. Eine mächtige Bettstatt stand da mit rot-weiß karierter Decke. Ein Kasten aus gebeiztem Kirschbaum, eine Kommode mit Marmorplatte. Er zog eine Schublade heraus, zeigte auf die gebügelten Taschentücher und die Unterwäsche, die ordentlich aufgeschichtet waren.

»Das ist die Arbeit der Frau Aydin«, sagte er, »Ordnung muss sein.«

»Warum gehen Sie eigentlich barfuß?«

»Weil ich Schuhe verachte. Der Mensch muss barfuß gehen, wie das Tier. Der Fuß stellt sich sogleich darauf ein, die Sohle wird hart wie Leder.«

Über der Bettstatt hingen Kunstgegenstände aus Schwarzafrika. Frauenfiguren mit spitzen Brüsten, schwarzhölzerne Masken, Amulette aus Bronze, darunter ein Paar, das offenbar auf einem Dach saß.

»Das Paar auf dem Dach«, sagte Hunkeler. »Ich bin übrigens Kriminalkommissär und heiße Hunkeler.«

»Freut mich.«

»Ist Ihnen ein Amulett bekannt, das man als Paar im Kahn bezeichnen könnte?«

»Ja, das gibt es. Das sind alles Fetische, die den Frauen Fruchtbarkeit bringen sollten.«

»Haben Sie je ein Paar im Kahn besessen?«

Ruf überlegte, ohne Falsch, ohne Arg. Er schüttelte den Kopf. »Ich glaube nicht. Diese hier habe ich alle mitgebracht von meinen Reisen. Ich könnte sie teuer verkaufen, aber ich bin zu stolz dazu.«

»Haben Sie je ein solches Amulett verschenkt?«

»Ja, meiner Frau. Die schönsten habe ich ihr gegeben.« Er zögerte, überlegte. »Ich glaube, es war auch ein Paar im Kahn darunter. Es kann sein. Sicher bin ich nicht.«

»Wo wohnt Ihre Frau jetzt?«

»In New York, Manhattan. Sie hat sich in einen amerikanischen Zahnarzt verliebt, das Miststück, und ist mit ihm abgehauen.«

»Wann war das?«

Ruf runzelte die Stirn, kniff die Lider zusammen. Er hatte Verdacht geschöpft.

»Was soll das eigentlich? Vor sechs Jahren, das habe ich schon gesagt. Soll das ein Verhör sein?«

»Fragen ist mein Beruf, es hat nichts zu bedeuten.«

»Madörin hat schon blöd rumgequasselt. Warum?«

Er schloss das Zimmer ab und ging voraus die Treppe hinunter. Unten füllte er sein Glas neu und ließ sich in den Fauteuil gleiten.

»Die tote Aische Aydin hat ein solches Amulett getragen«, erklärte Hunkeler. »Ich möchte wissen, von wem sie es erhalten hat.«

»Ich habe gemeint, der Fall sei abgeschlossen.«

Hunkeler schwieg, er hatte Zeit. Er sah, wie sich einer der Autopneus in der Ecke hinten leicht bewegte. Ein lederner Fischkopf erschien, urtümlich wie ein Traumbild. Der Kopf schob sich weiter vor, mit lidlosen, starren Augen.

»Ach so«, sagte der Maler, »das ist Emma. Sie will schmusen.«

Er erhob sich, stakste nach hinten und hob eine Schildkröte auf. Er ließ sich mit ihr wieder in den Fauteuil fallen, streichelte liebevoll über das Schildpatt.

»Wenn Sie wissen«, sagte er, »woher Frau Aydin das Amulett hatte, wissen Sie auch, wer sie umgebracht hat. So ist es, nicht wahr?«

Hunkeler schwieg.

»Von ihrem Ehemann hat sie es sicher nicht erhalten«, fuhr der Maler weiter. »Ein muselmanischer Türke verschenkt kein afrikanisches Amulett. Also kann der Ehemann nicht der Mörder sein.«

»Weiter?«

»Es muss also ein Mann sein, der Sinn hat für afrikanische Kunst. Dieser Mann muss Frau Aydin geliebt haben, sonst hätte er ihr nicht einen so schönen und wertvollen Fetisch geschenkt.«

Er streckte seine Beine von sich, die rissigen Sohlen, die schwarzen Zehennägel. Behutsam legte er sich die Schildkröte auf den Bauch, ließ sie kriechen.

»Wer könnte dieser Mann sein? Vielleicht der Maler Theo Ruf himself?«

Er kicherte, hob die Schildkröte auf und küßte ihren Kopf.

»Hat vielleicht der verlassene Liebhaber Ruf, der verkrachte Dreieckspinsler und verkommene Trinker, die schöne Aische geliebt? Hat er ihr, als sie ihn nicht haben wollte, mit einer Rotweinflasche den Schädel eingeschlagen?«

Diesmal kicherte er so stark, dass die Schildkröte hinunterrutschte und auf den Boden fiel.

»Das sind Ihre Gedanken, nicht wahr, Herr Kommissär?«

»Kann sein. Aber es würde mich überraschen, wenn Sie der Täter wären.«

»Warum? Trauen Sie mir keine Tat zu?«

»Eine solche Tat nicht.«

Der Maler trank sein Glas aus und füllte nach.

»Esther hätte ich ohne weiteres erschlagen können damals. Ich hätte ihr auch das Gesicht zerschmettern können, den schönen Mund. Ich könnte es heute noch, wenn ich sie mit diesem Zahnarzt treffen würde. Leider weiß ich nicht einmal ihre Adresse.«

»Hat sie damals, als sie noch mit Ihnen zusammenlebte, einen Liebhaber gehabt?«

»Sie hatte mich, und sie hatte andere. Sie war lebenslustig, sie hätte eine ganze Kompanie bedienen können. Warum?«

Hunkeler zögerte. Aber dann fragte er doch.

»Hat sie etwas mit Beat Spälti gehabt?«

»Nein, mit dem nicht.« Das kam kalt und entschlossen.

»Spälti ist eine Attrappe. Der bringt nichts zustande. Er gibt sich zwar den Anschein, als wäre er der Quartiers-Gigolo. Aber außer ein paar betrunkenen Witwen hat der noch nichts flachgelegt.«

Seltsam, dachte Hunkeler, warum redet er plötzlich so vulgär?

»Und Sie?«, fragte er. »Wen haben Sie schon alles flachgelegt?«

»Niemanden. Sie hat mich flachgelegt. Jetzt liebe ich Emma.«

»Wenn Sie Ihre Kunstgegenstände trotz Ihres Stolzes verkaufen würden, wem würden Sie sie anbieten?«

»Ach so, ich verstehe. Wenn das Paar im Kahn nicht von Ruf ist, von wem könnte es dann sein?«

Er grinste überlegen, auch er war ein schlauer Kriminalist. »Paul Wyss am Rheinsprung, der hat dort früher einen Laden mit Negerkunst gehabt. Es ist lange her, dass ich ihn besucht habe. Damals wohnte Emma noch nicht bei mir.«

»Woher haben Sie den Stoff?«, fragte Hunkeler.

»Wie bitte? Wovon reden Sie?«

»Mit zwei Promille können Sie diese Bilder nicht so sauber malen.«

»Ach gehn Sie, Sie Schnüffler«, sagte Ruf lässig, »das ist kalter Kaffee. Ich bin Alkoholiker, sonst gar nichts.«

»Darf ich Ihre Armbeuge sehen?«

Jetzt wurde der lange, dürre Körper des Theo Ruf von einem heiseren Lachen geschüttelt, das abrupt in Husten überging. Als er sich beruhigt hatte, krempelte er die Ärmel des Pullovers hoch und streckte die Arme aus, Handflächen nach oben.

»Mein Gott, sind Sie zäh. Hat es sich noch nicht herumgesprochen, dass Spritzen nicht mehr in sind?«

Hunkeler blieb sitzen. Es war nichts als ein Schuß ins Blaue.

»Vom schmalen Freddy?«

Der Maler nickte. Er schien zu überlegen, nickte dann wieder. »Sie meinen Alfred Woodtli. Der könnte es gewesen sein, da haben Sie recht.«

»Was könnte er gewesen sein?«

»Der muss doch den Stoff irgendwoher beziehen. Warum nicht von der Türken-Mafia? Vielleicht gehört Herr Aydin zur Türken-Mafia, und der schmale Freddy hat Frau Aydin aus Rache erschlagen.«

Er kicherte leise, machte sich lang in seinem Fauteuil, entspannte sich. Sein Kopf kippte nach hinten, das Glas entfiel seiner Hand und rollte über den Boden.

»Sie müssen jetzt gehen«, flüsterte er, »ich schlafe ein. Schließen Sie die Tür, damit Emma nicht abhaut.«

Er schlief sogleich ein, und Sekunden später schnarchte er, ein langes, dürres Elend. Hunkeler wartete, was geschehen würde, und schaute Emma zu, die langsam ihren Panzer nach hinten schob Richtung Lavabo, unter dem eine Schale mit Apfelschnitzen lag. Dort stand ein Regal mit allerlei Gläsern und Töpfen. Er ging hin und schaute sich um. Mehrere Trockenfarben waren da, Pulverkaffee, Zucker. Seltsamerweise lag in einem Glas ein Rest Weißmehl. Er nahm es, schraubte es auf und tupfte mit dem Finger hinein. Eindeutig Heroin.

Etwas später ging er die Gasstraße hinunter Richtung Voltaplatz, ein alter, müder Mann im Regen. Aber sein Verstand war hellwach. Er betrat die Wirtschaft Zur Neuen Brücke, er wartete unter der Tür, breitbeinig den Durchgang versperrend. Richtig, da saß der schmale Freddy am Stammtisch. Der erschrak, als er den Kommissär sah, erhob sich und wollte hinauswischen. Hunkeler packte zu, drehte ihm den Arm auf den Rücken und schob ihn hinaus.

»Hast du etwas zu tun gehabt mit Herrn Aydin, du Mistkerl?«

Der Junge wand sich, aber er war zu leicht, um dem Griff zu entkommen.

»Ich kenne keinen Aydin.«

»Woher hast du den Stoff? Sag's, oder ich breche dir den Arm.«

»Ich bin bloß ein Kleindealer«, stieß der Junge hervor.

»Hast du etwas zu tun mit der Türken-Mafia?«

»Aber nein. Ich bin Herrn Madörin bestens bekannt, ich arbeite für ihn.«

Hunkeler drehte den Arm höher, so dass der Junge stöhnte.

»Ach so, du bist der Spitzel, der mich verpfiffen hat? Wenn das noch einmal vorkommt, so kugle ich dir deine verdammte Schulter aus. Du wirst mir alles erzählen, was du weißt, du Arschloch.«

Da schrie der Kommissär auf. Der schmale Freddy war eben doch schneller als er und biss zu, mit all seinen Schneidezähnen mitten ins Ohrläppchen. Hunkeler stöhnte, ließ den Arm los, griff sich ans linke Ohr. Blut, jede Menge. Und ein stechender Schmerz. Er zog sein Taschentuch hervor, drückte es gegen die Wunde. Wütend drehte er sich um und sah vorn auf dem Voltaplatz den schmalen Freddy davonrennen.

Am andern Morgen erwachte er früh, der Schmerz hatte ihn geweckt. Er ging ins Bad und nahm das blutverkrustete Taschentuch weg. Er sah den Riß in der Ohrmuschel, die genau gezeichnete, offene Linie im Fleisch.

Er setzte Teewasser auf, trat auf den Balkon und überlegte.

Der Regen tropfte auf die kahlen Bäume. Kein Vogel weit und breit in der Schwärze, kein Pfeifen, kein Zwitschern. Ein übler November, in der Tat. Im Block gegenüber brannte in einer Küche Licht. Dort wohnte eine spanische Familie, der Mann hatte Frühschicht.

Nach der dritten Tasse Tee rief er Hedwig an. Er ließ es neun Mal klingeln, bevor sie abnahm.

»Ja?«, hauchte sie.

»Hör mal, ich bin verletzt, du musst mich verbinden.«

Sie war sogleich hellwach.

»Was ist los? Ist es schlimm?«

»Nein, nur ein Biß ins Ohr.«

Sie erwartete ihn im Morgenrock. Es duftete nach Kaffee in der Küche. Auf dem Tisch lag Verbandzeug.

Sie umarmte ihn behutsam, als wäre er schwach auf den Beinen. Sie führte ihn zum Tisch, schenkte ihm Kaffee ein, obschon sie wusste, dass er am frühen Morgen Kaffee nicht mochte. Er trank brav.

»Zeig.«

Er zeigte sein Ohr.

»Da kann ich nicht helfen. Das muss man nähen.«

»Nein«, sagte er, »das muss man verbinden. Es ist ja noch alles dran.«

Sie sah noch einmal genau hin.

»Du wirst eine Narbe haben, wenn man das nicht näht.«

»Verbinden sollst du«, schrie er.

Sie wartete, sie leerte genüsslich ihre Tasse, ließ ihn schmoren.

»Wann ist es geschehen?«

»Gestern Abend um elf.«

»Das reicht noch. Ich bringe dich zum Arzt, bevor ich in den Kindergarten fahre. Ich will keinen entstellten Mann haben. Wer hat dich gebissen?«

»Ein kleiner, mieser Fixer, ein Kleindealer. Ich werde ihm den Hals umdrehen.«

»Der starke Krieger Hunkeler«, sagte sie, und er sah die Fältchen beidseits ihres Mundes, die zu lachen schienen.

Gegen zehn kam er in den Lohnhof, frisch verarztet, am Ohr ein handgroßes Heftpflaster. Er wollte möglichst schnell in seinem Büro verschwinden, aber im Gang begegnete er Madörin.

»Hallo«, grinste er, »was trägst du denn am Ohr?«

»Es ist entzündet«, sagte Hunkeler, »es muss die nasskalte Witterung sein.«

Eine Tür ging auf, Lüdi trat heraus. »Schau an, der Karate-Hunkeler. Kriegt jeden, fasst jeden, deckt alles auf.«

»Hört mal, ihr beiden«, Hunkeler stellte sich breitbeinig

hin. »Ich mag Kameradenschweine nicht. Ich bin immer noch Kriminalkommissär. Und wenn ihr einen Spitzel aus der Dealerszene anheuert, muss ich das wissen. Schließlich haben wir ein Vertrauensverhältnis. Anders ist unsere Arbeit nicht möglich.«

»Von was redest du?«, fragte Madörin und grinste noch immer. »Ich denke, du bist vom Affen gebissen.«

Hunkeler packte ihn mit beiden Händen an der Jacke, drückte ihn gegen die Wand.

»Pass auf, du mieser Hund. Ich mach dich kaputt.«

Er spürte, wie ihn Lüdi wegriss, und ließ los. Er schüttelte den Kopf, trat zum Getränkeautomaten und warf mit zittriger Hand einen Einfränkler ein. Was war los? War er durchgedreht, und warum? Er wartete, bis Kaffee in den Becher floss, nahm ihn heraus, schlürfte. Dann drehte er sich zu seinen Kollegen um, die ihn fassungslos anglotzten.

»Warum wollt ihr mich rausekeln?«

»Das ist Blödsinn«, sagte Lüdi. »Niemand will dich rausekeln, das weißt du genau. Du bist mit den Nerven durch, du brauchst Ruhe.«

»Nein. Ich brauche das Dossier über das Ehepaar Aydin.«

»Das ist abgeschlossen, der ganze Fall. Und wenn Kollege Madörin in einem speziellen Fall, der nicht deiner ist, einen Spitzel einsetzt, so ist er nicht unbedingt verpflichtet, dir das mitzuteilen.«

»Im Übrigen greift man keinen Kollegen tätlich an«, sagte Madörin, der von fahler Gesichtsfarbe war. »Ich frage mich, ob ich eine Beschwerde machen soll oder nicht.«

»Wie bitte? Ihr lasst mich schadenfreudig ins Leere laufen, und wenn ich deswegen wütend werde, und mit Recht, macht ihr eine Beschwerde?«

»Du hast nichts mehr zu suchen im Fall Aydin«, insistierte Madörin. »Deshalb haben wir dich ins Leere laufen lassen, um dir eine Lektion zu erteilen.«

»Ich kriege euch noch dran, alle zusammen«, sagte Hunkeler leise und ging mit dem Becher davon.

In seinem Büro setzte er sich, kippte den Stuhl nach hinten, stellte die Füße gegen die Tischkante und schlürfte den wässrigen Kaffee. Er schloss die Augen, atmete ruhig, dachte an den Regen im Elsass, ans sanfte Trommeln auf dem Dach.

Es nützte nichts. Er warf den leeren Becher präzis in den Mülleimer und fing an, im Raum auf und ab zu gehen. Bewegung, dachte er, den Fluchtinstinkt ausleben, raus mit der Energie. Warum hatte er eine solche Wut?

Er schaute kurz in den Hof hinaus, auf den Ahorn im Regen, die drei Krähen. Was taten die dort, worauf warteten sie? Auf die Rente vielleicht?

Er grinste schief, setzte sich wieder hin und begann einige Grundsatzthesen zur grenzüberschreitenden Jugendkriminalität zu lesen. Sie stammten von einem Kollegen in Freiburg i. Br., den er eigentlich gut mochte. Dieser Kollege hatte zwei grundlegende Erkenntnisse. Erstens kann man gegen die Jugend- und Kinderkriminalität im grenzüberschreitenden Raum nur wenig unternehmen, da die Täter meist so jung sind, dass sie vom Gesetz gegen wirklich abschreckende Strafen geschützt sind. Deshalb muss man zweitens das Übel an der Wurzel packen, indem man die wirtschaftlich-sozialen Voraussetzungen ändert, das heißt abschafft. Wie dies zu bewerkstelligen wäre, das hatte der Kollege aus Freiburg nicht angemerkt.

Das war alles so öde. Selbstverständlich schickten die Fahrenden aus dem Elsass ihre Kinder auf Raubzug ins Schlaraffenland Schweiz, wenn sie am Verhungern waren. Das war nichts als normal. Und ebenso normal war, dass eine liberale Gesetzgebung das monatelange Einsperren von Kindern nicht zuließ.

Er schloss die Augen und versuchte, seinen Herzschlag zu spüren. Erst in der rechten Hand, dann in der linken, dann im Solarplexus.

War er wirklich ruhebedürftig, wie Lüdi gemeint hatte? Einige Tage Urlaub auf einer verschneiten Bergwiese, im Schwarzwald zum Beispiel? Eine frische Spur im Schnee, darüber die Sonne, im Tal unten das Nebelmeer? Stübenwasen?

Blödsinn, die wollten ihn rausekeln. Das war Mobbing, nichts weiter. Aber nicht mit ihm, mit Hunkeler nicht.

Da ging die Tür auf, herein kam Staatsanwalt Suter, gefasst und bieder. Er kam wortlos an den Tisch, setzte sich, schaute erst in Richtung Fenster, dann auf Hunkeler.

»Wie geht's?«, fragte er.

»Danke, es geht.«

»Haben Sie Schmerzen?«

»Wie bitte?«, fragte Hunkeler. »Sie müssen lauter reden. Ich höre nur noch mit einem Ohr, das andere ist zugeklebt.«

Suter trommelte mit der linken Hand leicht auf die Tischplatte, er führte etwas im Schilde, das war klar. Er steckte den rechten Zeigefinger zwischen Kragen und Hals und kratzte sich. »So, Hunkeler, es muss sich etwas ändern mit Ihnen.«

Das war neu, diese familiäre Anrede, und gefährlich.

»Sehen Sie, es ändert sich viel, es ändert sich alles. Es ändern sich auch unsere Methoden. Wir müssen mithalten können mit der Entwicklung der Kriminalität, besonders des organisierten Verbrechens. Was meinen Sie, was die heutzutage für eine Infrastruktur haben. Mit Pfahlbauermethoden läuft heute nichts mehr. Schade eigentlich, nicht wahr? Wer wäre nicht gern ein Robin Hood des Rechts?«

Er versuchte zu lächeln, ein bisschen zu schmierig, aber er hatte nun einmal ein unglückliches Gesicht.

»Ich bin kein Pfahlbauer«, sagte Hunkeler, »ich bin ein erfolgreicher Kommissär.«

»Stimmt, Sie sind lange Jahre recht erfolgreich gewesen. Und das Kriko Basel ist Ihnen zu Dank verpflichtet. Aber können Sie überhaupt einen simplen PC bedienen?«

»Im Notfall kann ich das, wenn es sein muss. Aber es muss nicht immer sein.«

»Stimmt. Es gibt Fälle, da genügt das Auge, der Instinkt, um ein Verbrechen aufzuklären. Aber das ist die Ausnahme. Wir haben heute ungeahnte Mittel in der Hand, und die müssen wir einsetzen. Wir haben dank dieser Mittel unsere Erfolgsquote gewaltig gesteigert, wie Sie wissen.«

»Zum Beispiel im Falle des Totschlags an der Murbacherstraße, ich weiß.«

Suter runzelte leicht die Stirn, aber er ließ sich in seiner beruhigenden Redeweise nicht stören.

»Was haben Sie eigentlich mit dieser Türkin? Der Fall ist doch klar.«

»Ich habe sie nicht gekannt. Mir ist der Fall nicht klar.«

»Sie sind überarbeitet, nervös. Das ist der springende Punkt. Es liegt mir fern, Sie als Alkoholiker zu bezeichnen, Sie funktionieren in der Regel immer noch gut. Immerhin gehen Sie gegen sechzig. Und Sie trinken ein bisschen viel und rauchen ein bisschen viel. Das legt Ihre Nerven blank. Man geht doch nicht mit Fäusten auf einen armseligen Dealer los.«

Ach so, der wusste es auch. Der schmale Freddy war schnell wie der Wind.

»Ich habe ihm bloß den Arm auf den Rücken gedreht, so wie ich es gelernt habe, ganz korrekt.«

»Genau das hätten Sie nicht tun dürfen. Alfred Woodtli ist nämlich unser Mann.«

Hunkeler nickte, das war ihm klargeworden.

»Nehmen Sie Vernunft an, Hunkeler«, sagte Suter mit leiser, eindringlicher Stimme. »Treten Sie kürzer, bereiten Sie sich auf Ihren wohlverdienten Ruhestand vor. Sie besitzen doch ein schönes Anwesen im nahen Elsass, nicht wahr? Fahren Sie hin, wenn Sie Lust haben, entspannen Sie sich bei Vogelgesang und einem guten Tropfen. Wir sind eine soziale Stadt, Ihr Lebensabend ist ja bekanntlich, wie Sie mir unnötigerweise kürzlich mitteilen zu müssen geglaubt haben, finanziell abgesichert, was Ihnen durchaus zu gönnen ist.«

Fast wäre Suter gestolpert über diesen komplizierten Satz. Aber er hielt sich wacker, reden war das Einzige, was er wirklich konnte.

»Konzentrieren Sie sich ganz auf Ihre grenzüberschreitende Arbeit über Jugendkriminalität. Ein weites Feld, in der Tat. Aber bitte lassen Sie die Finger von Fällen, die Sie nichts angehen. Vergessen Sie den Fall Aydin, ich bitte darum.«

Die klaren, blauen Augen, der bittende Gesichtsausdruck, der Herr Staatsanwalt war sich seiner Verantwortung bewusst.

»Versprechen Sie mir das, ja?«

Hunkeler spürte ein leises Pochen im Ohr. Die Spritze verlor ihre Wirkung. Er hob die Hand hoch, aber er spürte nur das Heftpflaster. »Ich verspreche Ihnen«, sagte er, »dass ich meine Arbeit bis zu meiner Pensionierung nach bestem Wissen und Gewissen ausüben werde. Das ist nichts als meine Pflicht.«

Wieder runzelte Suter die Stirn, eine leichte Unruhe war in seinen Augen.

»Natürlich, selbstverständlich. So kenne ich Sie. Ihre Pflicht ist es von nun an, sich strikt an meine Anordnung zu halten und keine Sonderzüglein mehr zu fahren. Sie verstehen?«

Hunkeler betrachtete die Tischplatte, fein gemustertes Buchenholz, kaum sichtbare Maserung, dunkle Risse.

»Was steckt eigentlich hinter dem Fall Aydin? Das stinkt doch zum Himmel. Ich rieche das mit meiner alten Nase.«

Der Staatsanwalt schüttelte traurig den Kopf. Er verstand die Welt nicht mehr.

»Ich will Ihnen helfen«, sagte er, »aber wenn es nicht geht, so geht es eben nicht. Sie werden die Suppe, die Sie sich mit Ihrer Sturheit einbrocken, selber auslöffeln müssen. Ich habe Sie gewarnt.«

Er erhob sich und ging hinaus.

Am nächsten Samstagmorgen stieg Hunkeler den Rheinsprung hoch. Rechter Hand stand ein Riegelhaus, in dessen Schaufenster Schmuck aus irgendwelchen asiatischen Ländern lag. Er ging hinein. An einem Tisch saß ein langhaariges Mädchen.

»Herr Paul Wyss«, sagte er, »wo finde ich ihn?«

»Der ist vor Jahren gestorben. Soviel ich weiß, wurde er in der Nähe von Lugano begraben.«

»Und seine Frau, wo lebt die?«

»Die ist auch tot.«

»Was ist mit seiner Sammlung geschehen?«

Das Mädchen warf ihr Haar nach hinten, unwirsch, sie hatte die Fragerei satt.

»Das weiß ich doch nicht. Wenn Sie Schmuck aus Indonesien kaufen wollen, bitte sehr. Aber ich bin doch keine Auskunftsstelle.«

Hunkeler verließ den Laden, durchaus beleidigt. Diese Jugend, dachte er, die weiß nicht mehr, was sich gehört. Besonders die weibliche Jugend. Die empfindet jeden alten Mann bereits als Zumutung, als potentiellen Alterslüstling. Keine Anmut, kein Charme, keine Freundlichkeit. Dann musste er lachen. Er war wohl selber unwirsch gewesen, er war in hässiger Laune.

Er stieg weiter hinauf Richtung Münsterplatz, er hatte Zeit. Er kam sich vor wie ein Rentner, der sich nach seiner Arbeit sehnt.

Oben auf dem Platz bog er nach links ab unter die Kastanienbäume, von denen das Regenwasser tropfte. Er betrachtete die Gallus-Pforte, die romanischen Figuren links und rechts des Portals, das Lebensrad darüber mit den Menschen, die sich im Kreis drehten, einmal unten, einmal oben. Es fiel ihm ein, dass er schon lange nicht mehr hier gewesen war, er sagte sich, dass er im Moment ziemlich tief unten war.

Er dachte kurz daran, den Kirchenraum zu betreten und sich das Relief des heiligen Vinzenz anzuschauen, ließ es aber bleiben. Er ging weiter durch die Rittergasse. Das Gehen im Regen beruhigte ihn.

Er wusste nicht, was er suchte, er gab es jedenfalls nicht zu. Er redete sich ein, Basel sei eine schöne, alte Stadt mit Sehenswürdigkeiten von Weltrang, betrachtete links und rechts die alten Häuser. Er ging durch die St. Alban-Vorstadt, stieg den Mühlenberg hinunter zur alten Kirche. Die interessierte ihn nicht. Er trat auf den St. Alban-Rheinweg hinaus, schaute auf den Fluss, der braunes Hochwasser führte. Ein vollbeladener Öltanker schob sich hinauf. In der Steuerkabine brannte Licht.

St. Alban-Rheinweg, was fiel ihm denn zu diesem Weg ein? Richtig, Erika Frösch, die für ein Reisebüro arbeitete und bei Aische Aydin Türkischstunden genommen hatte. Er hatte ihre Adresse im Telefonbuch herausgesucht.

Erika Frösch wohnte in einem hohen Mietshaus, neben dem Goldenen Sternen. Er stieß die Haustür auf, stieg drei Treppen hoch und klingelte. Er musste lange warten, er hörte von drinnen Kindergeschrei. Dann ging die Tür auf, eine junge Frau stand vor ihm mit kurzem, leicht rötlichem Haar.

»Was wollen Sie?«

»Dürfte ich bitte hereinkommen?«, fragte er.

»Warum?«

Er zeigte seinen Ausweis.

»Ich bin Kriminalkommissär. Es geht um Aische Aydin.«

»Es ist schon einer hier gewesen, ich habe seinen Namen vergessen. Ich habe keine Zeit mehr.«

Sie wollte die Tür schließen, aber er stellte den Fuß dazwischen. »Bitte«, sagte er, und er fragte sich, woher er seine Freundlichkeit nahm, »es ist sehr wichtig.«

Sie überlegte, schaute ihn genau an aus hellgrauen Augen und nickte. Sie ging voraus in die Küche, wo in Babystühlen zwei Kleinkinder saßen, die ihn reglos anstarrten. Einem quoll Brei aus dem Mund, Karottenmus wohl. Er setzte sich auf den Stuhl daneben und schaute sich um. Der Tisch war überstellt mit Dosen und Flaschen. Schmutziges Geschirr auf der Anrichte, eine Kiste mit zwei Meerschweinchen in der Ecke. An den Wänden hingen Fotos von romanischen Fresken.

»Zwillinge?«, fragte er.

»Ja, was denn sonst?«

»Sind Sie verheiratet?«

»Was geht Sie das an?«

»Entschuldigung«, sagte er, »ich bin manchmal blöde.«

Er schaute eines der Fotos an, das Christus mit einem Strick um den Hals zeigte, umgeben von Soldaten. Seltsam archaisch war das, er hatte noch nichts Ähnliches gesehen.

»Diese Fresken sind nicht aus Europa, nicht wahr?«, fragte er, um Zeit zu gewinnen und ein bisschen Stimmung zu machen. Mut, alter Mann, dies war eine entzückende Lady. Sei nett, sonst schmeißt sie dich wieder hinaus.

»Nein. Sie stammen aus der Türkei, aus Göreme. Aus dem 11. Jahrhundert vorwiegend.«

»Ach so, Sie sind ja Reiseleiterin.«

»Ja. Ich wechsle mich ab mit Fritz Stampfli.«

Sie stand immer noch, wartete, beobachtete ihn. Ein bisschen zierlich, zerbrechlich, ein bisschen verhärmt, wie es schien.

»Und jetzt?«, fragte er. »Sie können ja nicht mehr hinfahren, wenn Sie zwei kleine Kinder haben.«

»Doch. Ich bringe die Kinder zu meiner Mutter.«

Bildschön, dachte er, eine bildschöne Frau, gescheit und entschlossen. Er hätte gern um einen Kaffee gebeten, aber er getraute sich nicht.

»Es will mir einfach nicht in den Kopf«, sagte er, »dass Herr Aydin seine Frau erschlagen haben soll.«

»Warum nicht? Der andere ist doch überzeugt davon.«

»Madörin, ja, der ist überzeugt davon. Aber ich nicht. Darf ich rauchen?«

»Nein. Das wäre nicht gut für die Kinder.«

Ach so, natürlich, ja. Er schämte sich fast.

»Deshalb also haben Sie Türkischstunden genommen, wegen Göreme.« Er nickte mehrmals, als ob sein Problem gelöst gewesen wäre.

»Jetzt sagen Sie, was Sie von mir wollen«, meinte sie schroff, »und dann gehen Sie bitte wieder. Ich habe keine Zeit zu verschenken.«

»Karottenmus, nicht wahr?« Er zeigte auf eine der Dosen. »Karottenmus ist gesund für kleine Kinder. Füttern Sie ruhig weiter, ich habe Zeit.«

Sie wartete eine Weile, setzte sich dann und begann, den Kindern Brei in die Münder zu löffeln. Er schaute zu, hingerissen, als ob er der Großvater gewesen wäre.

»Gaffen Sie nicht so blöd«, sagte sie. »Hier, nehmen Sie.«
Sie gab ihm einen Löffel und ein volles Glas und zeigte auf das Kind, das ihm am nächsten saß. Er begriff und schob behutsam Brei in den Kindermund.

»Was meinen denn Sie?«, fragte er, während er den herausquellenden Brei zwischen die Kinderlippen zurückschob.

»Ich meine nichts. Das Einzige, was ich weiß, ist, dass Aische und ihr Mann tot sind.«

»Könnte das Amulett, das sie um den Hals getragen hat, aus Göreme stammen?«

»Nein, mit Sicherheit nicht. Das war ein heidnisches Amulett. Aus Afrika oder so.«

»Von wem hat sie es gehabt?«

Sie nahm ein Tuch, wischte die Kindermünder ab und räumte die Gläser weg.

»Können Sie ein Kind wickeln?«, fragte sie.

»Früher habe ich es gekonnt. Ich habe eine Tochter.«

»Also los. Machen Sie sich nützlich.«

»Hier auf dem Tisch?«

»Nein, drüben im Bad. Ich muss hier Gemüse rüsten.«

Sie trug eines der Kinder hinüber auf den Wickeltisch, und Hunkeler machte sich an die Arbeit. Druckknöpfe lösen, Plastik weg, Windel in den Kübel, waschen, pudern, neue Windel drauf und Druckknöpfe zu. So hatte er es gelernt, und so machte er es.

»Fertig«, rief er. Er merkte, dass er sich unbändig freute.

»Das geht ja ganz gut«, meinte sie, als sie das zweite Kind brachte. Sie lächelte beinahe, ein kurzes Leuchten war in ihren Augen.

Als die Kinder versorgt waren und sie beide wieder in der Küche saßen, kam er auf sein Thema zurück. Es musste sein, er konnte nicht lockerlassen. Schließlich war es sein Beruf.

»Kennen Sie Beat Spälti?«

Sie blieb ganz ruhig, zog von einem Lauch die äußerste Hülle ab, zerschnitt den Stengel in schmale Scheiben.

»Nur vom Hörensagen, nicht persönlich. Das heißt, ich habe ihn einmal kurz gesehen.«

»Was haben Sie von ihm gehört?«

»Dass er den Gigolo spielt und sich an Frauen heranmacht.«

»Ich habe gemeint, er sei eine Attrappe, der keine Chancen hat.«

Sie hob kurz den Blick, hellgraue Augen, zurückhaltend und genau.

»Ich glaube, das kann ein Mann nicht beurteilen.«

»Und Sie? Können Sie es beurteilen?«

»Ja, ich kann es. Übrigens habe ich seit sechs Jahren den gleichen Freund. Die Kinder sind von ihm.«

»Was ist Ihr Freund von Beruf?«

»Er malt.«

Seltsam. Kein Bild dieses Freundes hing in der Küche, keines im Gang.

»Malt er ähnlich wie Theo Ruf?«

Sie schien zusammenzuzucken, aber nur kurz, sie hatte sich gleich wieder gefasst.

»Über Theo Ruf rede ich nicht. Das ist ein verkommener Mensch.«

Sie erhob sich, leerte das Gemüse in eine Pfanne, ließ

Wasser einlaufen und stellte sie auf den Herd. Sie setzte sich wieder, um sich auszuruhen, atmete ruhig.

»Ich weiß nicht viel, ich verkehre nicht in diesen Kreisen. Ich habe einiges von meinem Freund gehört. Er heißt Erwin Feess und ist ein begabter Künstler. Ich liebe ihn, wenn Sie das interessiert.«

»Was sind das für Kreise?«

Jetzt lächelte sie, sie schüttelte ungläubig den Kopf. »Das wissen Sie doch. Ausläufer der ehemaligen Boheme. Bürgerschrecks, die glauben, die bestehenden Gesellschaftsstrukturen mit Suchtmitteln aus den Angeln heben zu können.«

Im Gang draußen ging eine Tür auf, man hörte Schritte. Eine lange Gestalt erschien unter der Tür, bekleidet mit einem Pyjama. Ein schlaksiger, junger Mann, bleich, träumend, sichtlich verladen.

»Wer ist das?«, fragte der Mann.

»Besuch«, sagte sie, »er will mit mir reden.«

»Worüber?«

»Über Frau Aydin.«

Der junge Mann runzelte die Stirn, stützte sich mit der linken Hand gegen den Türrahmen.

»Was hast du ihm erzählt?«

»Nichts. Es gibt nichts zu erzählen, das weißt du doch.«

Er hob die rechte Faust, die zitterte.

»Soll ich ihn hinauswerfen?«

»Aber nein, er ist ganz freundlich. Er hat die Kinder gewickelt.«

»Wieso? Wieso wickelt dieser fremde Mann meine Kinder und nicht ich?«

»Weil du dich ausruhen musst. Geh jetzt schlafen. Ich wecke dich gegen Abend.«

»Abgemacht, du weckst mich.«

Er zog sich zurück, man hörte, wie sich eine Tür schloss.

»Was nimmt er?«, fragte Hunkeler.

Sie schaute ihn ruhig und gefasst an, sie war wirklich eine sehr schöne Frau.

»Er kifft. Sonst nimmt er nichts.«

Hunkeler legte die rechte Hand auf den Tisch, ließ die Finger trommeln, trockene, schnelle Wirbel. Es war ihm nicht mehr wohl in dieser Küche.

»Kann ich Ihnen helfen?«, fragte er.

»Nein, warum denn? Werden Sie bitte nicht unverschämt.«

»Entschuldigung. Aber ich frage mich, ob Frau Aydin wegen Drogen hingerichtet worden ist. Hatte Herr Aydin mit der Türken-Mafia zu tun?«

»Frau Aydin war eine gescheite und sehr liebe Frau. Sie hatte mit nichts etwas zu tun außer mit ihrem Mann und ihren Kindern, die sie sehr geliebt hat. Sie hat schwer gelitten unter ihrer Abwesenheit.«

»Warum hat sie die Kinder nicht nachkommen lassen?«

»Weil die Familie Aydin dies nicht zugelassen hat. Die Mutter von Herrn Aydin, die hat das nicht gewollt. Das ist ein richtiger Clan, diese Familie. Aus Konya. Konya ist eine konservative Stadt. Ich meine muslimisch konservativ. Diese Familie hat nicht erlaubt, dass die Kinder in Europa aufwachsen.«

»Woher wissen Sie das?«

»Ich kenne die Türkei. Sie ist mein Spezialgebiet.«

»Ich meine, woher wissen Sie das mit der Familie?«

»Von Aische weiß ich das. Sie war meine Freundin.«

Jetzt zuckten ihre Schultern, ein kurzes Zittern, dann fielen Tränen auf den Tisch. Sie zog ein Taschentuch hervor, wischte sich über die Augen.

»Das ist eine solche Schweinerei«, sagte sie, »ich halte das fast nicht aus.«

Er wartete, bis sie sich beruhigt hatte. Dann fragte er weiter, stur wie ein Esel.

»Warum ist sie im Oktober plötzlich so traurig geworden? Ich weiß es von Jost Meier.«

»Ach so, vom Komponisten. Den hat Aische gemocht. Ein sympathischer Igel, nicht wahr?«

Hunkeler nickte.

»Sie hat im Oktober erfahren, dass die Kinder nicht nachkommen durften. Warum erzähle ich Ihnen eigentlich das alles?«

»Weil Sie diesen Mord nicht hinnehmen wollen. Die Lügen, die darüber verbreitet werden. Die beiden sind tot, das stimmt. Aber wir dürfen nicht zulassen, dass die beiden Kinder glauben, ihr Vater habe ihre Mutter umgebracht. Was ist eigentlich Fazil Sengün für ein Mensch?«

»Ich kenne ihn nicht. Aber ich habe nichts Gutes über ihn gehört. Er tut alles für Geld, hat Aische gesagt.«

»Handelt er mit Heroin?«

Sie schüttelte den Kopf, plötzlich sehr müde.

»Hören Sie bitte auf, ich ertrage das nicht. Ich brauche meine ganze Kraft, um meine Familie zusammenzuhalten.«

»Vielleicht sollten Sie öfter nach Göreme fahren.«

Sie nickte, sie leuchtete ihn an.

»Wie ist es übrigens mit Ihrem Kollegen Fritz Stampfli? Der hat doch auch Türkischstunden genommen.«

»Der ist jetzt in Göreme. Er hat meine Reise übernommen.«

»Wann ist er zurück?«

»In einer Woche. Fragen Sie ihn, er weiß mehr über Aische. Der kann Ihnen helfen.«

»Ach so? Was weiß denn der?«

Sie schüttelte den Kopf, entschlossen. »Ich erzähle nichts Privates über Kollegen. Fragen Sie ihn.«

Sie schien erleichtert zu sein, hatte einen Ausweg gefunden. Sie lächelte ihn an, ein bisschen zu charmant, sie wollte ihn raushaben.

»Es war ein wunderschöner Morgen für mich«, sagte er und erhob sich. »Vielen Dank.«

Er verbeugte sich leicht und ging auf leisen Sohlen hinaus.

Am Abend desselben Samstags saß Hunkeler im Sommereck und las einen Zeitungsbericht über eine neue Form der Zusammenarbeit zwischen Frankreich und der Schweiz. Erlaubt war neuerdings die sogenannte Nacheile, was bedeutete, dass die Polizeicorps von Basel oder St-Louis nicht mehr an der Grenze haltmachen mussten, sondern dass sie einen Verdächtigen, der mit seinem Wagen über die Grenze fuhr, ohne weiteres über dieselbe verfolgen durften. Überregionale Verbrecherjagd also. Er stellte sich seine Kollegen vor, Korporal Lüdi oder Detektivwachtmeister Madörin, die mit hundert Stundenkilometern und Blaulicht über die Grenze rasten, um zwei vierzehnjährige Mädchen aus einem Wagen zu zerren. Wildwest im lieblichen Dreieckland, die linke Hand am Steuerrad, die rechte am Colt.

Er grinste bitter. Er hatte dieses Abkommen erwartet, er wusste, dass es nichts nützen würde.

Er nahm sein Notizbuch hervor und begann die Namen aufzuschreiben, die im Zusammenhang mit dem Fall Aydin verdächtig erschienen. Einfach so, redete er sich ein, als Gedankenspiel nur. Da war Ali Aydin, der Ehemann, offiziell als Täterschaft bezeichnet. Der war es nicht gewesen.

Fazil Sengün? Wohl kaum. Der tat zwar alles für Geld, wie Erika Frösch behauptet hatte. Aber die Frau seines Freundes hatte er vermutlich nicht erschlagen.

Frau Lüthi mit dem Wallholz? Nein. Jost Meier auch nicht, der war zu beschäftigt mit seiner Musik.

Theo Ruf oder Beat Spälti? Das waren beide verkommene Subjekte, aber wohl unfähig zu einer solchen Tat.

Der schmale Freddy? Der war zu schlau, zu gefitzt.

Erika Frösch? Nein, die hatte zwei Kinder. Ihr Mann Erwin Feess? Der war zu verträumt.

Blieb Fritz Stampfli, der gegenwärtig in Göreme war. Ein junger Reiseleiter, der eine Türkin erschlug? Das war unwahrscheinlich.

Alice Odermatt, bei der Aische Aydin geputzt hatte? Er musste sie einmal besuchen. Aber eine Frau erschlug in der Regel keine andere Frau. Im Übrigen musste er demnächst mit dem Fahrradmechaniker Giovanni Nardi reden. Vielleicht hatte der etwas zu erzählen.

Das alles ergab keinen rechten Sinn. Es war nicht einmal

sicher, dass es ein Beziehungsdelikt war. Davon ging diese Namensaufzählung ja aus. Wie aber, wenn der Täter nicht im Bekanntenkreis des Opfers zu suchen war? Wenn ein gedungener Mörder in die Wohnung eingedrungen und die Frau umgebracht hatte? Ein Delikt in der Drogenszene, ein Racheakt, um Herrn Aydin einzuschüchtern? Und was war mit dem Amulett? Konnte es Aische Aydin nicht auch von einer Freundin erhalten haben?

Er hätte gern das Dossier vor sich gehabt. Er hätte es genau studiert und beschnuppert, obschon anzunehmen war, dass Madörin ungenau gearbeitet hatte. Herr Aydin war von Anfang an verurteilt gewesen, eine präzise Untersuchung schien nicht notwendig gewesen zu sein.

Er hatte Lust, heimlich in Madörins Büro einzudringen und das Dossier zu entwenden. Aber wenn das herauskam, würde es seine Versetzung in den vorzeitigen Ruhestand bedeuten. Suter wartete nur auf eine Handhabe, ihn aus dem Amt kippen zu können.

Vorzeitiger Ruhestand, warum eigentlich nicht? Vogelgesang und ein guter Tropfen im Elsass, das war wirklich nicht schlecht. Hedwig würde es freuen, das glaubte er zu wissen. Die kühle, sanfte Hedwig, die er in den letzten Jahren stets vernachlässigt hatte. Sollte er sie anrufen, jetzt gleich, und ihr seinen Entschluss mitteilen, mit der Arbeit aufzuhören?

Er schaute sich noch einmal die Namensliste an. Wenn es ein Drogendelikt war, so kam am ehesten Fazil Sengün in Frage. Der hatte etwas zu verstecken gehabt, das hatte Hunkeler bei seinem Besuch bemerkt. Oder aber Theo Ruf, der über dem Lavabo ein Glas mit Heroin stehen hatte.

Er trank sein Bier aus, versorgte das Notizbuch und bezahlte. Auf der Straße draußen schlug er den Kragen hoch und setzte den Hut auf. Es regnete noch immer. Er musste es versuchen, das war ihm klar.

In der Murbacherstraße sah er hoch zu Aydins Wohnung. Dort brannte Licht. Er trat in den Schatten des Thujabaumes und schaute sich um. Richtig, fünfzig Meter weiter vorn war Madörins Wagen geparkt, halb auf dem Gehsteig.

Das Sicherste wäre gewesen, auf der Stelle zu verschwinden, sich zu verdrücken, abzuhauen in die nächste Beiz. Aber was suchte Madörin dort oben?

Hunkeler blieb. Er zog sich zurück in den Durchgang gegenüber, stellte sich hinter die Fahrräder, die Herr Nardi dort geparkt hatte. Er hätte gerne geraucht, aber das ging nicht. Die Glut hätte ihn verraten. Er stand ruhig wie ein Baum.

Plötzlich ging an der Decke das Licht an. Er wollte erst weglaufen, blieb aber stehen. Er schlug den Kragen zurück, nahm den Hut ab und kämmte sich eilig das Haar nach hinten, um einen anständigen Eindruck zu machen. Eine Tür ging auf, eine junge Frau erschien. Sie ging einige Schritte, dann bemerkte sie ihn. Sie erschrak, wurde totenbleich, blieb stehen.

»Gehn Sie weiter«, zischte er, »ich tu Ihnen nichts. Ich warte auf meine Freundin.«

Sie hob eine Hand zum Mund, als ob sie einen Schrei unterdrücken würde, fasste sich und ging schnell auf die Straße hinaus, wo ihre Schritte verklangen.

Verdammt, das hatte noch gefehlt. Die würde ihn wiedererkennen, wenn ihr jemand sein Foto vor die Augen halten würde. Aber wer sollte das tun? Es wusste niemand, dass er hier war.

Er musste über eine Stunde ausharren. Endlich wurde das Licht im Treppenhaus gegenüber angedreht. Er duckte sich hinter die Fahrräder. Nach einer Weile ging die Haustür auf. Madörin kam heraus, begleitet von zwei Männern, die elegante Regenmäntel und Hüte trugen.

Sie schienen südländischer Herkunft zu sein, aber genau war das nicht auszumachen. Die Männer verabschiedeten sich, und alle drei gingen hinauf Richtung Vogesenstraße. Er hörte, wie Wagentüren zugeschlagen wurden, dann fuhren die Autos davon.

Als es ruhig war, trat er auf die Straße hinaus und schaute hoch. Aydins Wohnung war dunkel, in Sengüns Wohnung brannte Licht. Er strich sich das Haar zurück und setzte den Hut auf. Was nun, alter Mann? Hinaufgehen und in die dunkle Wohnung eindringen? Oder bei Fazil Sengün klingeln und fragen, was das für Herren gewesen waren?

Das ging beides nicht. Ein Einbruch wäre zu riskant gewesen. Und Herrn Sengün direkt zu fragen, das war auch nicht möglich. Der hatte ihn schon einmal verpfiffen. Also abwarten und Bier trinken.

Hunkeler ging Richtung Gasstraße. Er überlegte fieberhaft. Waren die fremden Herren von der türkischen Botschaft gewesen, von der türkischen Polizei oder von der Türken-Mafia? Das Letztere war unmöglich, das glaubte er zu wissen. Aber warum hatten sich die beiden an einem Samstagabend in Aydins Wohnung eingefunden, und was hatte Madörin mit ihnen besprochen?

Er sah vorne an der Ecke die Wirtschaft Zur Neuen Brücke durch den Regen leuchten, er steuerte darauf zu. Ein Glas mit Pedro, ein Glas mit Rolf Herzog, vielleicht ein Gespräch mit Beat Spälti? Nein, ein Besuch bei Theo Ruf.

Er kehrte um, betrat die Durchfahrt zum Atelier und öffnete die hintere Tür. Der Riegelbau lag dunkel im Regen. Die Haustür stand offen. Er ging langsam über den Kies, wich den Pfützen aus, er wollte keine Sohlenabdrücke hinterlassen. Eine seltsame Stimmung, irgendetwas schien zu fehlen. Auf der Bastmatte vor der Tür zog er die Schuhe aus und legte sie behutsam auf den Boden. Dann ging er hinein.

Er merkte es sofort, er drehte das Licht nicht an. Er nahm die kleine Taschenlampe hervor, knipste sie an und leuchtete mit schwachem Strahl nach hinten. Dort war dicht unter der Decke ein starker Nagel in den Treppenbalken getrieben. An diesem Nagel hing ein Strick, und am Strick hing Theo Ruf. Seine Augen waren aus den Höhlen gequollen und glotzten ins schmale Licht. Die Zunge war angeschwollen, ein bläuliches Fleischstück zwischen gelben Zähnen. Die schwarzen Zehen hingen einen halben Meter über dem Boden.

Hunkeler nahm sein Taschentuch hervor, umwickelte damit einen Zeigefinger und hielt diesen an Theo Rufs Hand. Sie war warm, als wäre sie lebendig gewesen.

Er blieb reglos stehen, verließ sich ganz auf sein Gehör. Er vernahm nichts als das Rauschen des Regens. Er drehte sich um zum Ausgang. Der war schwarz und leer.

Er richtete den Strahl der Lampe wieder auf Theo Rufs Gesicht. Über dem linken Auge war eine wüste Platzwunde zu sehen, die wohl geblutet hätte, hätte der Maler noch gelebt. Der Strick war das Stück eines Abschleppseils, das jemand zurechtgeschnitten hatte. Der Nagel war neu, kein Rost, kein Schmutz. Er musste erst vor kurzem eingeschlagen worden sein, die Holzsplitter glänzten frisch.

Hunkeler ging nach hinten zum Lavabo und suchte das Glas mit dem weißen Pulver. Es war kein solches Glas da, er hatte es nicht anders erwartet. Er sah Emma auf dem Boden liegen. Sie lag neben einem Stellmesser mit Perlmuttgriff. Jemand hatte sie auf den Rücken gedreht, sie bewegte hilflos die Beine. Er schob sie mit der Fußspitze auf den Bauch zurück. Dann beugte er sich nieder und schaute das Stellmesser an. Gediegene, teure Ware, in der Tat. Zwei Initialen waren eingraviert, J. C.

Dann wurde ihm übel. Schnell ging er hinaus, schloss die Tür zu, zog die Schuhe an und trat zu den Brennnesseln, die vor einem rostigen Eisenhag wuchsen. Er konnte nicht anders, er erbrach sich über die nassen Blätter. Er stöhnte laut, er schwankte. Dann hörte er leise Schritte, wollte sich aufrichten, aber es war zu spät.

Als er wieder zu sich kam, hörte er es rauschen. Das Blut, dachte er, das Blut rauscht in meinen Ohren. Wie früher, als er ein Kind gewesen war und sich eine Muschel ans Ohr gehalten hatte. Ein schöner, leiser, gleichmäßiger Klang, als ob man das Meer hätte rauschen hören. Mein Ohr, dachte er, jemand hat mich ins Ohr gebissen, weil ich nicht aufgepasst habe. Das ist die Strafe. Warum hast du dich nicht zurückgehalten?

Er versuchte zu grinsen, dann spürte er den Schmerz im Hinterkopf. Keine Rede von Meeresrauschen im Ohr, das war ein Pochen, ein Stechen im Schädel.

Er wollte den Arm heben, die linke Hand zum Schmerz bringen, aber das war nicht einfach. Die Arme lagen unter seinem Körper, und der lag auf dem Boden.

Er öffnete die Augen, erhob sich langsam auf alle viere. Dann grinste er doch, ziemlich bitter zwar, aber es war ein Grinsen. Er kauerte in den Brennnesseln vor dem Atelier des Theo Ruf, der drinnen im Haus tot am Strick hing. Er hatte den Anblick nicht ertragen, hatte sich übergeben müssen, und jemand hatte ihm eines übergezogen.

Er kauerte sich hin und nahm den Hut, der neben ihm lag. Er schaute auf die Uhr. Es waren keine zehn Minuten vergangen. Keine lange Zeit, ein kurzer Blackout, nicht beunruhigend. Der Schläger hatte es gut gemeint, eine kleine Warnung, nichts weiter, er hätte auch härter zuschlagen können. Dann wären in diesem Hinterhof zwei Leichen zu finden gewesen.

Er versuchte sich zu erheben, es gelang nach einigem Herumschwanken. Er tastete sich den Körper ab. Das war zwar alles nass und schmutzig, aber intakt. Er griff sich an den Hinterkopf, wo der Schmerz saß. Blut klebte an seiner Hand, das war selbst in der Schwärze zu erkennen.

Er ging über den Kies zur Durchfahrt und trat auf die Straße hinaus. Er brauchte einen Arzt, die Wunde musste genäht werden. Zum zweiten Mal schon war das nötig diese Woche, er war eben ein ganz harter Kerl. Er ging über den Voltaplatz und bog in die Elsässerstraße ein, schwankend, als wäre er betrunken gewesen. Er ging eine ganze Strecke, hundert Schritte vielleicht oder mehr. Er merkte, dass er den Hut in der Hand trug anstatt auf dem Kopf. Er wollte ihn aufsetzen, da kam ihm der Boden entgegen. Er schien zu fallen, meilenweit, klaftertief, er schlug mit dem Kopf auf dem Asphalt auf. Merkwürdig, dachte er, warum hat mir das jetzt nicht weh getan?

Die Augen behielt er offen. Er sah, wie sich zwei Männer näherten, dunkle Gestalten, zwei Schlägertypen vielleicht, die ihm den Rest geben würden. Sie blieben stehen, der eine beugte sich runter zu ihm.

»Sind Sie betrunken?«, fragte er mit fremdem Akzent.

Hunkeler wollte verneinen. Es kam nur ein Stöhnen heraus. Er sah, wie der Mann ein Taxi anhielt. Der Fahrer stieg aus, kam her, nahm ein Natel hervor und stellte eine Nummer ein. Dann verlor Hunkeler das Bewusstsein.

Er erwachte auf der Notfallstation des Kantonsspitals, auf einem Spitalbett liegend. Haller stand neben ihm, die erloschene Pfeife im Munde. Er war traurig wie immer, schien sich Sorgen zu machen. Als er bemerkte, dass Hunkeler die Augen offen hatte, glitt ein Lächeln über sein Gesicht. »Gepriesen seien alle Heiligen«, sagte er. »Hunkeler ist zu den Lebenden zurückgekehrt.«

»Schwatz nicht so blöd«, sagte Hunkeler, »erklär mir lieber, was geschehen ist.«

Haller strich ein Hölzchen an und wollte es an den Tabak halten. Er merkte, dass das nicht möglich war an diesem Ort, blies es aus und steckte es zurück in die Schachtel.

»Verdammt unangenehmer Ort hier«, meinte er leichthin, »es riecht nach Tod und Verderben. Ein Taxifahrer hat angerufen. Ich war auf Pikett und bin gleich hingefahren.«

»Wohin denn?«

»Elsässerstraße. Du hast dich wohl wieder einmal in den Beizen herumgetrieben.«

Hunkeler versuchte zu grinsen, aber das schmerzte. Sein Kopf war kaputt, das spürte er deutlich. Aber denken konnte er noch immer, und zwar schnell.

»Stimmt. Ich bin unterwegs gewesen zur Voltastube. Dort hat mich einer niedergeschlagen. Einer auf Gummisohlen. Er ist von hinten gekommen. Ich habe ihn nicht gehört.«

Haller sog an der Pfeife, als ob sie gebrannt hätte. Aber sie brannte nicht. Er nahm sie verärgert aus dem Mund und steckte sie in die Tasche.

»Warum hat er dich nicht ausgeraubt? Brieftasche, Portemonnaie, das war alles noch da.«

Ja, das war wahr. Warum hatte er das Portemonnaie nicht in einen Dolenschacht geworfen? Der Schlag hatte ihm den Verstand getrübt. »Weil zwei Männer aufgetaucht sind. Die haben den Schläger vertrieben.«

Der Kollege bohrte in der Nase herum, griesgrämig, die Situation passte ihm nicht.

»Na ja, nehmen wir einmal an, du sagst die Wahrheit. Die Hauptsache ist, dass dir nichts Schlimmes passiert ist.«

»Was soll das heißen? Glaubst du mir nicht?«

»Wenn ich ehrlich sein will, nein. Dich schlägt keiner von hinten zu Boden. Im Weiteren frage ich mich, woher die leichte Verbrennung in deinem Gesicht und auf deinen

Händen kommt, woher du so schmutzig gewesen bist. Du hast nach Erbrochenem gestunken, als ob du dich betrunken in die Brennnesseln gelegt hättest.«

Hunkeler hob den Kopf an, nur leicht, denn da war wieder der Schmerz. Tatsächlich, er trug ein grünes Nachthemd.

»Kann schon sein«, sagte er, »dass ich in den Büschen gelegen habe. Aber das muss ja nicht unbedingt im Protokoll stehen.«

»Nein, das muss es nicht.«

Sie schwiegen beide und hörten auf die Geräusche im Raum. Links hinter der Stellwand stöhnte eine Frau. Eine Schwester versuchte, sie zu beruhigen. Rechts erklärte ein Arzt jemandem, dass die Tomographie leider einen Befund ergeben habe, und zwar ein Karzinom.

»Was habe ich eigentlich?«, fragte Hunkeler.

»Kopfschwartenriss und vermutlich eine leichte Hirnerschütterung. Der Riss muss genäht werden. Und mindestens eine Woche Bettruhe.«

Sie schwiegen, lauschten auf das Schluchzen der Frau.

»Es würde mich schon wundernehmen«, meinte Haller, »warum du so verbissen hinter dem Fall Aydin her bist. Ich sehe da nämlich nicht durch.«

»Ich eben auch nicht. Hast du Hedwig angerufen?«

Haller nickte.

»Sie ist nicht zu Hause. Aber ich werde es weiter versuchen.«

Als der Kopf geröntgt und genäht war, fühlte sich Hunkeler besser. Es war tatsächlich eine leichte Hirnerschütterung. Die Wunde schmerzte nicht mehr, da die Spritze wirkte.

Nebenan lag eine junge Frau, die offenbar bei einem Radunfall ein Schlüsselbein gebrochen hatte. Eine Freundin saß an ihrem Bett, man hörte die beiden wispern und kichern.

Er konnte nicht schlafen. Er hatte sich bös in die Nesseln gesetzt, das war ihm klar. Gewiss würde Haller dichthalten und nichts von schmutzigen Kleidern und Erbrochenem erzählen. Aber wer würde das Märchen vom Überfall auf offener Straße glauben?

Er dachte an Theo Ruf, der wohl noch immer am Strick hing. Man hätte vorbeischauen und die Spuren sichern müssen. Man hätte zur Schildkröte sehen müssen. Man hätte sich fragen müssen, wer denn das Messer hingelegt und das Glas mit dem Heroin abgeholt hatte. Und was war mit dem Kerl, der ihn zu Boden geschlagen hatte?

Er setzte sich auf, es ging ganz gut. Er drehte sich zum Gang, stellte die Füße auf den Boden. Er erhob sich, ging die zwei Schritte zum Lavabo und zurück. Dann legte er sich wieder hin, erleichtert.

Morgens um sieben kam Hedwig herein. Sie war richtig wütend.

»Sag einmal, spinnst du eigentlich? Willst du dich unbedingt totschlagen lassen?«

»Und du? Wo hast du geschlafen?«

»Bei Annette. Warum? Was interessiert dich das?«

»Ich habe es mir überlegt«, sagte er. »Ich werde von nun

an versuchen kürzerzutreten. Vielleicht lasse ich mich vorzeitig pensionieren. Ich werde viel Zeit haben für dich, ich werde dich nie mehr vernachlässigen.«

»Wie bitte?«, fauchte sie. »Bist du endgültig übergeschnappt?«

»Nein, ich will mich ganz deiner fraulichen Fröhlichkeit hingeben.«

»Aber nicht mit mir. Ich will mich nicht jeden Tag mit einem solchen Idioten herumschlagen.«

Er versuchte zu grinsen, ließ es aber bleiben. Denn die Spritze wirkte nicht mehr.

»Du willst mich also nicht haben? Du verschmähst mich?«

Sie setzte sich auf den Stuhl neben dem Bett. Sie fasste sich und versuchte, ruhig ihre Meinung kundzutun.

»Du kannst zu mir kommen, aber erst, wenn du ein alter Mann bist. Für den Ruhestand bist du zu jung. Du wärst unausstehlich, wenn du nicht arbeiten würdest. Keine Frau der Welt könnte deine ständige Anwesenheit aushalten.«

Er nickte, er war auch dieser Meinung.

»Aber jetzt musst du mich mitnehmen«, sagte er, »in deine Wohnung und mich pflegen. Für ein paar Tage bloß.«

»Kommt nicht in Frage. Du bleibst schön hier. Die sind hier eingerichtet für einen Fall wie dich.«

»Ich muss hier raus. Ich ertrage diese Spitalatmosphäre nicht. Ich bin nicht nur zu jung, sondern auch zu gesund. Zu mir nach Hause lassen sie mich nicht gehen, weil ich dort allein bin. Zu dir lassen sie mich gehen, wenn du ihnen versprichst, dass du zu mir schaust.«

»Ach so? Du willst mich wieder einmal benutzen?«

»Ja, ich bitte dich darum.«

Sie überlegte, schüttelte den Kopf, resignierend.

»Warum nur habe ich mich in einen solchen Dickschädel verguckt? Warum nur kann ich dir nichts ausschlagen?«

Er erhob sich, zog sich an und unterschrieb einen Zettel, worauf stand, dass er auf eigene Verantwortung austrat. Dann ließ er sich von Hedwig in ihre Wohnung fahren. Er erklärte ihr, was sie bei ihm zu Hause holen sollte, schlüpfte in ihr Bett, rollte sich zusammen und fiel in einen traumlosen Schlaf.

Am Abend um sechs erhob er sich, aß Spiegeleier mit Speck und trank eine Kanne Tee. Er trat auf den Balkon des Hochhauses, in dem Hedwig wohnte, und schaute über die Stadt. Der Nebel hatte sich verzogen, es regnete leicht aus den Wolken, die der Wind durch den Himmel trieb. Im Süden sah er die verhangenen Hügel des Jura, im Nordwesten die Vogesen, im Osten den Schwarzwald.

Stübenwasen, dachte er, eine langgezogene Bergweide, tiefe Wolken, die darüberglitten. Vielleicht sollte er hinfahren und wandern, die feuchte Luft in der Nase.

Er klopfte eine Zigarette aus der Schachtel, steckte sie an und nahm einen Zug. Schwindel fuhr in seinen Kopf, er musste sich beinahe übergeben. Er warf die Zigarette auf den Boden und trat sie aus.

Hirnerschütterung, dachte er, Bettruhe, leg dich flach, kranker Mann.

Er ging in die Küche zurück, wo Hedwig am Tisch saß

und ein Frauenmagazin las. Sie hob den Kopf, schaute ihn an, ziemlich verstimmt.

»Was ist los mit dir?«, fragte sie. »Was rennst du dauernd herum?«

»Hirnerschütterung, was ist das eigentlich? Kaputt ist ja nichts.«

»Doch. Dein Gehirn ist durcheinandergerüttelt. Du denkst nicht mehr klar. Sonst wärst du im Spital geblieben.«

»Ich werde mich hinlegen. Das verspreche ich dir. Aber erst, wenn ich weiß, wer die Türkin umgebracht hat.«

»Mein Gott, hätte der Kerl nur härter auf deinen Sturschädel geschlagen. Wer war es überhaupt? Hast du ihn gesehen?«

»Nein. Ich habe seinen Schritt gehört, dann war es schon zu spät.«

Sie versuchte es noch einmal, mit lieben Augen.

»Willst du mir nicht sagen, was los ist? Vielleicht kann ich helfen.«

»Nein, tut mir leid.«

Er trat hinaus in den Gang, nahm die Jacke, die sie ihm hingehängt hatte, und den Hut. Er schaute sich im Spiegel an. Er sah, dass er sich hätte rasieren müssen. Er hätte sich mehrere Tage lang erholen müssen. Er hätte besser zu sich schauen, endlich einmal vernünftig werden müssen. Er hätte Hedwig seine Liebe mehr zeigen müssen.

Er ging in die Küche zurück, wo sie wie versteinert vor ihrem Magazin saß. Er beugte sich nieder und küßte ihren Nacken, so zart er konnte. Dann ging er hinaus.

Er fuhr mit dem Tram zum Kannenfeldpark. Der Regen

hatte aufgehört. Ein starker Wind bewegte die Straßenlaternen, pfiff durch die laublosen Bäume. Er ging langsam, aber er fühlte sich wieder sicher auf den Beinen. Die Wunde am Hinterkopf spürte er noch immer, der Schmerz war indessen ohne weiteres erträglich.

In der Gasstraße sah er mehrere Polizeiautos stehen. Eines ließ Blaulicht durch die Nacht drehen. Haller stand vor der Durchfahrt, die zum Atelier führte. Traurig stopfte er seine Pfeife.

»Schon wieder du?«, fragte er, als Hunkeler zu ihm trat. »Dich hätte ich nicht erwartet. Haben sie dich laufenlassen, oder bist du abgehauen?«

»Es geht ganz gut, es ist nicht schlimm.«

»Wo willst du hin? In die Neue Brücke, oder hast du etwas verloren in den Brennnesseln?«

»Was für Brennnesseln? Was sucht ihr hier?«

Haller strich ein Hölzchen an, mit ruhiger Hand. Er hielt es an den Tabak, paffte.

»Ich glaube fast, es wäre besser, wenn du dich hier nicht blicken ließest. Madörin dreht durch. Ich glaube, er hat gemerkt, dass er nicht so einfach aus dem Fall Aydin rauskommt. Im Weiteren glaube ich, dass er etwas weiß, was er mir nicht sagt.«

»Erzähl.«

»Da hinten hat der Maler Theo Ruf sein Atelier gehabt. Heute Morgen hat ihn eine Nachbarin, die Frau Krohn, durchs Fenster an einem Strick hängen sehen. Und jetzt sind wir hier.«

»Und? Wie ist er umgekommen?«

»Das ist eine gute Frage«, sagte Haller und drückte mit

dem Daumen die Glut zusammen. »Im Grunde ist es eine seltsame Frage. Ja, wie ist er denn umgekommen? Ich meine, üblicherweise hat sich einer, der am Strick hängt, selber aufgehängt. Dumm ist nur, dass der Maler eine tiefe Platzwunde über dem linken Auge hat. Die hat er sich wohl nicht selber zugefügt, obschon Madörin genau das behauptet.«

»Wie bitte? Wie soll das geschehen sein?«

»Theo Ruf war drogenabhängig. Vielleicht hat er sich ja im Vollrausch den Kopf angestoßen, am Treppenbalken oder so. Noch dümmer ist allerdings, dass der Nagel, der in diesem Treppenbalken steckt und an dem der Strick hing, erst kürzlich, sagen wir einmal gestern Abend, ins Holz getrieben wurde.«

Hunkeler nickte. Ja, das war wirklich dumm.

»Vor einer halben Stunde«, erzählte Haller weiter, »ist Suter vorgefahren. Jetzt tobt er herum, wettert und flucht, wir seien eine Saubande und würden unser Handwerk nicht verstehen. Ehrlich, das macht mich ganz traurig.«

»Und jetzt?«

»Jetzt stellen sie alles auf den Kopf. Sie haben gemerkt, dass jemand in den Brennnesseln gelegen und sich erbrochen hat. Wer könnte das wohl gewesen sein?«

Hunkeler zuckte mit den Achseln, ohne jedes Interesse. Nein, er wusste es nicht.

»Madörin behauptet, der betrunkene Theo Ruf sei hinausgewankt, sei umgefallen und habe gekotzt. Darauf sei er hineingegangen und habe seinem traurigen Leben ein Ende gemacht. Blöd ist nur, dass keine Spur von Brennnesseln an seinen Kleidern zu finden ist.«

»Und sonst habt ihr nichts gefunden?«

»Was denn zum Beispiel?«

»Heroin, Kokain. Irgendetwas, was so ein Verbrechen lohnt.«

Haller kratzte sich am Kinn, nahm die Pfeife aus dem Mund, spuckte auf den Boden.

»Ich weiß nicht, ob ich es dir sagen darf. Ich sag's trotzdem. Sie haben eine ganze Menge Heroin ausgegraben, mitten in den Nesseln. Sauber verpackt. Und sie buddeln weiter.«

»Im Haus drin war nichts?«

»Nein. Was hätte denn im Haus drin sein sollen?«

»Vielleicht hat der Mann, der den Nagel einschlug, etwas zurückgelassen. Eine Waffe, ein Messer zum Beispiel.«

»Wieso ein Messer?«

»Ich frage ja nur. Woher kommt die Platzwunde?«

»Von einem stumpfen Gegenstand. Mehr wissen wir nicht. Seltsam ist, dass dort drin offenbar einer in Socken herumgegangen ist. Theo Ruf trug keine Socken. Weißt du, wer das gewesen sein könnte?«

»Woher sollte ich? Das alles geht mich nichts an. Komm mit, wir trinken ein Bier.«

»Geht nicht, ich bin leider im Dienst.«

»Vielleicht waren es ja tatsächlich die Fundamentalisten«, meinte Hunkeler, »die sich Frauen wie Hunde halten und unser Gesellschaftssystem zum Einsturz bringen wollen.«

»Vielleicht«, grinste Haller.

Hunkeler ging die Gasstraße hinab Richtung Neue Brücke. Schau an, Heroin, eine ganze Menge. Und kein Stellmesser mehr. Wer war denn der fremde Besucher gewesen, der nach ihm im Atelier aufgetaucht war? Und warum hatte er nicht die Polizei gerufen, als er den Maler hängen sah?

Er betrat die Wirtschaft und schaute sich um. Pedro saß am Stammtisch, daneben Rolf Herzog. Einige Kiffer und der schmale Freddy, der ihn frech angrinste und sitzen blieb. Heinz Grossenbacher hockte da, ein begnadeter Flaneur und Traumtänzer, der stets genug Geld für den nächsten Zweier Roten in der Tasche hatte, aber nie mehr. Und Manfred Gilgien, der einäugige Poet, der vor Jahren eine Handvoll wunderschöner Gedichte geschrieben hatte. Straßentango, so hieß das Büchlein. Hunkeler liebte es heiß. Er hatte sich mit Manfred oft in den Kleinbasler Beizen herumgetrieben. Er hatte ihn zu bestechen versucht, weiterzumachen. Fünfzig Franken pro Gedicht, das war die Abmachung gewesen. Manfred hatte tatsächlich weitere Gedichte gebracht, die nicht schlecht waren, und die fünfzig Franken kassiert. Bis er eines Tages eines brachte, das Hunkeler kannte, da es von Brecht war. Damit war dieser Handel aufgeflogen.

Er setzte sich, bestellte ein Bier.

»Wie geht's?«, fragte er. »Was macht die Literatur?«

»Es harzt«, sagte Manfred. »Aber immerhin habe ich wieder ein neues Gedicht gemacht.«

Er griff in die Tasche, zog einen Zettel heraus.

»Schau nach bei Brecht«, sagte Hunkeler. »Es tut mir leid, du musst einen anderen Gönner suchen.«

Er fasste den schmalen Freddy ins Auge.

»Wie geht's unserem Superagenten? Keine Schmerzen im Arm?«

»Nein, mir geht's prima. Aber sagen Sie einmal, wenn ich mir die Frage erlauben darf. Sie haben ja bereits einen zweiten Verband um den Kopf. Haben Sie etwas abgekriegt?«

»Ja, mir hat einer eines über die Rübe gezogen. Weißt du, was ich mit dem Kerl mache, wenn ich ihn erwische?«

»Nein, da habe ich keine Ahnung.«

»Ich kugle ihm beide Schultern aus.«

Alfred Woodtli grinste noch immer, bloß weniger süß. Sein Blick flackerte. Vor was denn fürchtete er sich?

»Sag mal«, sagte Pedro, »was ist eigentlich mit Theo Ruf passiert? Hat ihn tatsächlich jemand umgelegt?«

»Wer erzählt das?«

»Ich habe etwas von einem Stellmesser gehört, das im Atelier am Boden gelegen habe.«

»Wie bitte?« Hunkeler schrie fast. »Von wem hast du das gehört?«

»Reg dich nicht auf«, meinte Pedro, dem seine Frage leidtat. »So etwas spricht sich eben herum. Die Nachbarin, welche die Polizei benachrichtigt hat, die habe das Messer gesehen. Ein Stellmesser mit Perlmuttgriff.«

»Durchs Fenster will sie dieses Messer gesehen haben?«

»Ich glaube, die Tür stand offen.«

Der schmale Freddy hustete, er war plötzlich bleich. Er hob sein Glas Minzentee an den Mund, seine Hand zitterte.

»Blödsinn«, sagte Rolf Herzog. »Er hat sich erhängt, weil er auf dem Aff war. Eigentlich total idiotisch, wo doch kiloweise Stoff unter den Brennnesseln lag.«

»Wie bitte? Woher weißt du jetzt das?«

»Buschtelefon. Wenn du einen Nachmittag in der Brücke hockst, weißt du alles.«

Jetzt ergriff Heinz das Wort, mit leiser Stimme. Er flüsterte bloß.

»Der hat sich nicht selber erhängt, der Theo. Der hat zu gerne gemalt. Der hat gewusst, dass in seinem Garten Heroin vergraben war. Er war kurz vor einem großen Coup, der ihm enorm viel Geld gebracht hätte. Er wollte auswandern, nach New York. So einer bringt sich nicht um.«

Der schmale Freddy erhob sich plötzlich und ging Richtung Toilette, ein bisschen zu schnell, als ob er das Wasser nicht mehr halten könnte. Hunkeler blieb sitzen, er hatte alle Zeit der Welt.

»Wenn ihr mich fragt«, sagte Heinz, »so war es die Mafia. Diese Türkin von der Murbacherstraße, die hat doch bei Theo geputzt. Ihr Mann hat sich in der Zelle umgebracht. Der war der Boss der Izmir-Connection. Und ich mache jede Wette, dass die ganze Geschichte unter den Teppich gekehrt wird, weil da große Basler Tiere drinhängen. Wenn sich Theo erhängt hat, ist das allen recht. Dann ist niemand schuld dran. Wer den Stoff vergraben hat, wird nie rauskommen. Das könnt ihr von mir haben, von Heinz Grossenbacher.«

Als der schmale Freddy zurück am Tisch war, wartete Hunkeler eine Viertelstunde. Dann ging er in den Gang hinaus Richtung Toilette. Das viele Bier, das harntreibende!

Der Gang führte nach hinten zum Hof. Dort standen drei große Mülleimer. Sie schienen seit Wochen nicht mehr geleert worden zu sein. Pfui Teufel, es stank. Aber es musste sein.

Er kippte den ersten um, leerte den Inhalt aus, verteilte ihn mit der Fußspitze über den Betonboden. Er leerte den zweiten aus. Nichts als Verpackungen, zerknüllte Papierservietten, Pizza-Reste. Eine leere Chivas-Flasche lag da, rötlich-braun bekleckert. Dicke Fliegen klebten daran. Seltsam, so teurer Whisky an diesem Ort.

Das Messer lag im dritten Kübel. Er sah den Perlmuttgriff aufleuchten, als die Fußspitze daran stieß. Er hob es auf und ließ es in die Tasche gleiten, mit bloßer Hand. Fingerabdrücke waren mit Sicherheit keine mehr dran. So gefitzt war Alfred Woodtli.

Er setzte sich an den Stammtisch zurück, trank in aller Ruhe sein Bier aus.

»Hinten im Hof«, sagte er, »da ist eine Riesenschweinerei. Da hat irgendein Sauhund drei Mülleimer ausgeleert. Was könnte er wohl gesucht haben?«

Der schmale Freddy wurde schneeweiß. Er erhob sich, Panik in den Augen, und ging schnell hinaus.

In dieser Nacht schlief Hunkeler unruhig. Ein Sturm fegte über Basel hinweg, ließ die Fensterläden im Hinterhof klappern, riss an der Pappel, so dass die Äste knarrten. Er dachte an sein Haus im Elsass, ans schadhafte Dach. Bestimmt riss der Wind mehrere Ziegel heraus.

Sein Kopf schmerzte, er spürte den Puls hämmern. Warum war er nicht im Spital geblieben, abgeschirmt gegen jede Unbill der Natur? Die waren dort eingerichtet, ihn zu behüten und zu pflegen, da hatte Hedwig recht. Sie hatte überhaupt immer recht. Die kannte ihn besser als er sich selbst, die wusste haargenau, dass er sie ausweglos liebte. Warum nur wollte er das nicht wahrhaben, warum lief er immer davon?

Er ging in die Küche, setzte Teewasser auf und schluckte zwei Tabletten. Er überlegte lange, trank drei Tassen, trat auf den Balkon hinaus. Die Pappel stand schräg im Wind, die Äste knatterten. Ein Ziegel zerschellte am Boden. Er zündete sich eine Zigarette an, trat sie gleich wieder aus. Er hörte es drei Uhr schlagen.

Er legte sich wieder ins Bett und dachte an Fußball, an ein entscheidendes Spiel. Er, Peter Hunkeler, bekam an der rechten Mittellinie den Ball zugespielt, spurtete los, überlief zwei Verteidiger, spielte den Libero aus und hob den Ball über den Torhüter hinweg ins lange hohe Eck. Zwei zu null. Der Sieg war gesichert, und er schlief ein.

Als er erwachte, schlug es fünf. Er hatte geträumt von zwei Männern in eleganten Regenmänteln und Hüten. Sie verfolgten ihn. Sie taten das so, dass es niemandem auffiel, langsam und präzise. Wenn er davonlief, standen sie an der nächsten Straßenecke wieder da. Er rettete sich in Theo Rufs Atelier, versperrte die Tür. Er glaubte sich schon in Sicherheit. Da sah er den Maler am Nagel hängen. Der Strick hatte seinen Hals aufgerissen, eine Wunde klaffte, und daraus tropfte Blut in einen Zuber, der schon randvoll war.

Er hatte die Schläge mitgezählt. Richtig, es waren fünf. Zum Glück war er erwacht, der Traum hätte in der Katastrophe geendet. Und noch immer war er nicht sicher, ob die beiden Männer nicht doch im Gang draußen warteten.

Mut, alter Krieger, dachte er. Es war ein simpler Angsttraum, Hedwig hält ihre schützende Hand über dich.

Er erhob sich und trat auf den Balkon hinaus. Der Wind hatte aufgehört. Schnee fiel in großen, trägen Flocken. Dächer und Hof waren weiß.

Am Nachmittag desselben Montags kam er gegen zwei in den Lohnhof. Er hatte bis Mittag geschlafen, hatte geduscht und gefrühstückt und ausführlich die Zeitung gelesen. Das Messer mit dem Perlmuttgriff hatte er ins Tiefkühlfach unter die Fischstäbchen gelegt, in wenigen Tagen würde es unter einer Eisschicht verschwinden.

Er trat zum Automaten, um sich Kaffee herauszulassen, er fühlte sich ganz in Ordnung. Da kam Haller aus seinem Büro, stellte sich neben ihn, stopfte die Pfeife. »Pass auf, es gibt Stunk. Es ist Feuer im Dach. Wir beide wissen von nichts.«

Er blinzelte, verzog sich Richtung Treppenhaus.

Hunkeler nahm den Pappbecher heraus und schlürfte. Was war das, was für ein Feuer meinte der Kollege? Er hatte nichts zu tun damit, er war schon jetzt ein halber Rentner, der eine ruhige Kugel schob.

In seinem Büro trat er ans Fenster und schaute hinaus. Die Flocken fielen noch immer, die Äste des Ahorns waren voll Schnee. Die drei Krähen glänzten, rabenschwarz. Was taten die dort, was fraßen die eigentlich?

Er setzte sich an den Tisch, griff zu den Zigaretten, ließ es bleiben.

Da ging die Tür auf. Es war Staatsanwalt Suter, begleitet von Detektivwachtmeister Madörin. Sie kamen sehr leise herein, als ob sie gestört hätten. Sie setzten sich, Suter legte seine leicht behaarte Hand auf den Tisch. Madörin hatte miese Augen, er sah aus wie ein geschlagener Hund.

Hunkeler las in aller Ruhe einen Abschnitt aus einem Text seines Elsässer Kollegen fertig. Dieser Kollege empörte sich über die Nacheile. Die führe zu nichts, behauptete er. Und schließlich sei Frankreich noch immer eine unabhängige Nation. Dann hob Hunkeler den Blick. »Guten Tag, meine Herren.«

Suter zog ein tadellos gebügeltes Taschentuch hervor, entfaltete es und schneuzte sich.

»Alarmstufe eins«, sagte er, »die Situation hat sich schlagartig verschlimmert. Das ganze Polizeicorps Basel muss jetzt zusammenstehen wie ein Mann. Sonst kommen wir tief in die Bredouille.«

»Das tut mir leid«, sagte Hunkeler. »Zum Glück bin ich fein raus. Ich habe mir Ihren Ratschlag zu Herzen genommen und bereite mich auf meinen wohlverdienten Ruhestand vor. Heute Morgen habe ich bis Mittag geschlafen. Kein Wunder, bei diesem Hundewetter, nicht wahr?«

Er lächelte, honigsüß.

»Es sind zwei Herren von der türkischen Botschaft in Bern aufgetaucht«, sagte Suter. »Zwei Beamte des türkischen Sicherheitsdienstes. Sie haben uns drei Fragen gestellt. Erstens wollten sie wissen, was wir für Beweise haben, dass Aydin seine Frau umgebracht hat. Sie haben sich beschwert darüber, dass sich ein Staatsbürger ihres Landes in Basler Untersuchungshaft umgebracht hat.«

Er atmete schwer. Ein leidgeprüfter Mann, der sich gerne empört hätte über die Ungerechtigkeit dieser Welt. Aber er getraute sich nicht recht.

»Zweitens wollten sie wissen, was mit Theo Ruf geschehen ist, was wir in seinem Garten gefunden haben. Sie sind einem Drogenhandel auf der Spur, sie reden von zwei Kilo Heroin, von einer Izmir-Connection, die den Stoff nach Basel bringt und hier verkauft. Wir haben in Theo Rufs Garten genau zwei Kilo Heroin gefunden. Drittens reden sie von einem Mann aus Marseille, der auf Bestellung Morde ausführen soll und offenbar eine Zeitlang in Izmir gelebt hat. Er ist klein, breitschultrig und hat auf der linken Wange eine Narbe. Er ist auch schon in Frankfurt und Mulhouse aufgetaucht. Dieser Herr ist Korse und heißt Jean Gerroni. Die beiden Beamten sind der Meinung, dass sowohl Aische Aydin als auch Theo Ruf von diesem Jean Gerroni umgebracht worden sind.«

So, das war's, es war heraus. Ziemlich dicke Post, Basel als Drehscheibe der internationalen Mafia.

»Vogelgesang und ein guter Tropfen«, sagte Hunkeler frohgemut, »das ist mein Leben. Ich gehöre zum alten Eisen. Mich geht das alles nichts mehr an.«

»Wir wissen einiges über Sie«, sagte Suter. »Wir können Sie ziemlich tief in die Bredouille bringen.«

Er sagte das ungern, die Sätze taten ihm in der Seele weh.

»Was heißt eigentlich Bredouille?«, fragte Hunkeler. »Ich kann gut Französisch. Aber ich weiß nicht genau, was das Wort bedeutet.«

»Hören Sie auf mit solchen faulen Witzen. Wir sind alle am Arsch. Sie müssen uns helfen.«

»Ich würde gerne, wenn ich könnte. Aber ich wüsste nicht, wie.«

Da meldete sich Madörin zu Wort. Er hatte seinen Terrierblick aufgesetzt. Es fehlte nur noch, dass er zu hecheln anfing.

»Wir wissen, dass du vorgestern Samstag, also am 19. November, abends um zehn Uhr an der Murbacherstraße gewesen bist. Und zwar hast du dich in der Durchfahrt hinter den Fahrrädern von Giovanni Nardi versteckt. Warum?«

»Warum was?«, fragte Hunkeler blöde.

»Du hast eine Frau zu Tode erschreckt. Sie hat geglaubt, einen Verbrecher vor sich zu haben.«

Er grinste schadenfroh, der feine Kollege.

»Sie hat am Sonntagmorgen angerufen. Und da wir jeder Spur nachgehen müssen, bin ich zu ihr gefahren und habe ihr dein Foto gezeigt. Sie hat dich sofort erkannt.«

Ach so? Man wurde bereits als Verbrecher behandelt?

»Stimmt, ich war unterwegs zur Neuen Brücke. Ich bin durch die Murbacherstraße gegangen und wegen des Regens untergestanden.«

»Und was hast du gesehen?«

Paß auf, alter Mann, die haben dich am Wickel, der lässt nicht mehr los.

»Ich habe dich und zwei Männer gesehen.«

Eisiges Schweigen, Madörin nickte vielsagend.

»Die beiden Herren«, sagte Staatsanwalt Suter, »waren die beiden Beamten der türkischen Botschaft, die sich die Wohnung des Herrn Aydin ansehen wollten. Und es ist unerhört, dass Sie Ihren Kollegen Madörin bespitzeln.«

Da hatte er recht. Aber noch unerhörter war, dass dieser

ihn nicht angerufen und gefragt hatte, was er dort gesucht habe.

»Kurze Zeit später«, insistierte Madörin, »hat dich Theo Rufs Nachbarin durch den Hinterhof gehen und das Atelier betreten sehen. Auch ihr habe ich dein Foto gezeigt, und auch sie hat dich erkannt. Du hast eben eine einmalige Visage.« Er kratzte sich am Hals, blickte giftig herüber.

»Und? Schließlich bin ich Kriminalist. Wenn ihr nicht das Notwendige tut, muss ich es tun.«

»Das ist allerdings dicke Post«, sagte Suter mit leidendem Zug um den Mund. »Das hätte ich für unmöglich gehalten. Ein Mann aus dem Basler Kriko dringt ohne Durchsuchungsbefehl in eine fremde Wohnung ein. Leben wir eigentlich in einer Bananenrepublik?«

»Nein, in Basel. Und die Tür war offen.«

Suter faltete seine Hände auf dem Tisch, begutachtete die Fingernägel.

»Und? Was haben Sie gesehen?«

»Ich habe Theo Ruf am Strick hängen sehen.«

»War er tot? Oder soll ich Sie wegen Unterlassung der Nothilfe vor Gericht bringen?«

»Der war tot wie ein Stein.«

»Und wie wollen Sie das beweisen?«

Hunkeler zuckte mit den Achseln. Er wusste, er war tief in der Bredouille, was das auch immer heißen mochte. Er steckte in der Scheiße.

»Das merkt man. Das riecht man.«

»Was haben Sie gerochen?«

»Nichts Genaues. Seine Hand war noch warm. Lebenswarm, meine ich. Er muss keine Viertelstunde vor meinem Auftauchen ermordet worden sein.«

»Warum ermordet?«

Diese Fragerei, hörte die nie auf? Nein, die hörte nicht auf bis zum bittern Ende.

»Wegen der Wunde über dem linken Auge. Wegen des Nagels. Der war frisch eingeschlagen.«

»Und warum haben Sie nicht gleich angerufen? Schließlich hatte Theo Ruf ein Telefon.«

»Weil ich mich übergeben musste. Ich bin hinausgegangen und habe über die Brennnesseln gekotzt.«

»Schau an«, meckerte Madörin, »Hunkeler hat weiche Knie bekommen.«

»Ja, es war ein schrecklicher Anblick. Ich habe davon geträumt.«

»Und während Sie sich erbrachen, wurden Sie von hinten niedergeschlagen?«, fragte Suter angewidert.

Hunkeler nickte. Er griff sich eine Zigarette, steckte sie an und nahm einen Zug. Es wurde ihm sogleich schwindlig, er drückte sie im Aschenbecher aus.

Dann war Stille, ziemlich lang. Alle drei waren in der Scheiße, und alle drei wussten das.

»Mein Gott«, sagte Suter, »wie finden wir da wieder hinaus? Nehmen wir einmal an, es war Jean Gerroni, der Sie niedergeschlagen hat. Das wäre doch die beste Gelegenheit gewesen, ihn zu verhaften.«

»Wenn es ein Berufskiller war, so hätte ich ihn niemals verhaften können. Er war in jeder Beziehung im Vorteil. Ich hatte nicht einmal eine Waffe bei mir.«

»Und er? Was hatte er für eine Waffe?«

»Es muss ein Totschläger aus Hartgummi gewesen sein.«

»Wie bei Frau Aydin«, sagte Suter.

Wieder schwiegen sie. Bis Madörin das Wort ergriff. Er hatte Oberwasser, war giftig.

»Als du das Atelier betreten hast, in Socken, nehme ich an, die Schuhe wirst du beim Eingang deponiert haben, hast du da etwas am Boden liegen sehen?«

Ach so, die Nachbarin. Pedro hatte wieder einmal recht gehabt. »Ja. Ein Stellmesser mit Perlmuttgriff.«

»Und wieso hast du das nicht gemeldet, du sturer Bock?«

Das ging zu weit. Schließlich war Hunkeler immer noch Madörins Vorgesetzter. Oder war das nicht mehr so?

»Wie bitte? Wie redest du mit mir?«

»Wie rede ich wohl mit dir? Du bist selber schuld. Du verheimlichst mir wichtige Informationen und lässt mich ins Leere laufen, du Kameradenschwein.«

»Diese Sätze kommen mir irgendwie bekannt vor«, grinste Hunkeler.

»Hören Sie, meine Herren.« Suter war wieder der beherrschte, überlegene Chef. »So geht es nicht. Wir sitzen alle im selben Boot. Wir haben den gleichen Feind. Es ist die internationale Drogenmafia, das organisierte Verbrechen. Und es ist die türkische Botschaft. Wir lassen uns von denen nicht auf der Nase herumtanzen. Die verlangen jetzt nämlich, dass sich die Bundespolizei einschalten solle.«

Er schaute angewidert auf seine linke Hand, führte sie zum Mund und versuchte ein Stück Fingernagel abzubeißen.

»Ein Stellmesser mit Perlmuttgriff«, sagte Madörin, »soll

das Markenzeichen von Jean Gerroni sein. Er lässt stets ein solches Messer am Tatort zurück, ob er es gebraucht hat oder nicht. Das ist wie bei einem Rüden. Er markiert.«

»Woher weißt du das?«

»Von Interpol weiß ich das. Ich liege nämlich nicht den ganzen Tag im Bett.«

Hunkeler überlegte. Dann sagte er es doch.

»Es waren zwei Initialen eingraviert. J.C. Es kann also nicht Gerroni gewesen sein.«

»Doch, er ist es gewesen. Gerroni hat zwei Vornamen, Jean Charles. Und du meldest das nicht.«

Er verwarf die Hände, wandte sich ab, ein verratener Mann. Er schloss verbittert die Augen, griff wieder an.

»Wo hast du es jetzt?«

»Ich habe es liegenlassen.«

»Ist das nicht wieder eine deiner verdammten Lügen?«

»Nein. Sonst hätte die Nachbarin das Messer ja nicht sehen können, wenn ich es mitgenommen hätte.«

»Woher weißt du von der Nachbarin?«

Ja, woher wusste er das? Nur ruhig, diesem Idioten war er noch lange überlegen.

»Ich kombiniere, Kollege. Ich sage mir, die Nachbarin, die Theo Ruf hat hängen sehen, hat auch das Messer gesehen.«

»Warum war es denn nicht mehr da?«

»Das weiß ich doch nicht. Vielleicht ist einer vor euch dort gewesen, außer mir, meine ich. Ein schneller, gefitzter Besucher.«

»Ich habe die beste Lust«, schrie Madörin, »deine beschissene Wohnung durchsuchen zu lassen.«

»Bitte. Aber räum bitte alles wieder ein. In meiner Wohnung bin ich pedantisch.«

Madörin starrte ihn an, mit blankem Hass. Er hatte sich verrannt, hatte einmal auf Totschlag durch den Ehemann und zweimal auf Suizid erkannt. Jetzt schwappte die Scheiße über seinem Kopf zusammen.

»Ich bin doch dein Kollege«, sagte Hunkeler honigsüß. »Ich will dir helfen.«

Madörin hieb mit der geballten Faust auf den Tisch, dass der Aschenbecher hüpfte. Er verzog das Gesicht, hob die Hand an den Mund und leckte daran. Der Hieb war zu heftig gewesen.

»Nur Ruhe«, bat Suter. »Wir müssen uns vertragen, ob uns das jetzt passt oder nicht. Es ist eine sehr schwierige Situation. Ich übernehme die Führung.«

Er stellte einen Recorder auf den Tisch, stellte ihn an.

»Ich fasse zusammen. Erstens: Der Berufskiller Jean Charles Gerroni ist auf der Suche nach Heroin ins Atelier des Malers Theo Ruf eingedrungen, hat diesen mit einem Schlag seines Totschlägers auf die linke Stirnseite umgebracht, hat ihn an einen eigens dazu eingeschlagenen Nagel gehängt und sich im Garten draußen versteckt, da Kommissär Hunkeler aufgetaucht ist. Stopp.«

Er stellte das Gerät ab.

»Stimmt doch, oder nicht?«

»Keine Ahnung«, sagte Hunkeler, »ob er etwas vom Heroin gewusst hat. Vielleicht hat er einfach den Auftrag gehabt, den Maler totzuschlagen.«

»Warum denn das?«

»Das weiß ich nicht.«

Suter schniefte, er war beleidigt.

»Sie haben genug Unfug angerichtet. Halten Sie jetzt bitte den Mund.«

Er stellte das Gerät wieder an.

»Zweitens: Kommissär Hunkeler hat sich kurz umgeschaut. Er hat ein Stellmesser mit Perlmuttgriff am Boden liegen sehen. Er hat es nicht angerührt und nichts weiter gesucht. Habe ich recht?«

Hunkeler nickte.

»Ich erwarte ein deutliches Ja.«

»Ja.«

»Hierauf ist es dem Kommissär übel geworden. Er ist hinausgegangen und hat sich übergeben. Und zwar genau dort, wo unter Brennnesseln das Heroin vergraben war. Stopp.«

Er drückte die Taste.

»Ein merkwürdiger Zufall, nicht wahr?«

»Dafür kann ich nichts. Es ist alles sehr schnell gegangen.«

Suter ließ das Band wieder laufen.

»Drittens: Der Berufskiller Jean Charles Gerroni hat sich von hinten angeschlichen und den Kommissär mit dem Totschläger niedergeschlagen. Darauf hat er sich aus dem Staub gemacht und ist vermutlich längst über alle Berge.

Viertens: Der tote Theo Ruf ist am andern Morgen von einer Nachbarin entdeckt worden. Gleichfalls hat sie das Messer gefunden. Sie hat die Polizei benachrichtigt, die unter der Führung von Detektivwachtmeister Madörin eingefahren ist. Madörin hat nach gründlicher Untersuchung auf Selbstmord erkannt.«

Madörin nickte, Hunkeler schwieg.

»Was ein Fehler war«, fuhr Suter weiter. »Ein verständlicher Fehler allerdings. Denn es lag kein Messer mehr da.

Fünftens: Es muss also zwischen dem Anruf der Nachbarin und dem Eintreffen der Polizei ein weiterer Besucher da gewesen sein, der uns unbekannt ist. Stopp.«

Er stellte das Gerät ab, runzelte die Stirn.

»Da kann doch etwas nicht stimmen. Zwischen dem Anruf und unserem Eintreffen können doch nicht mehr als zehn Minuten vergangen sein. Oder wie war das?«

»Wir sind in genau siebzehn Minuten dort gewesen«, sagte Madörin. »Es war Sonntag gegen Mittag. Wir waren nicht auf so etwas gefasst und haben gejasst.«

»Was? Im Dienst haben Sie Karten gespielt?«

Kein Terrier mehr weit und breit. Madörin saß da wie ein begossener Pudel.

»Sonntag Mittag ist meist eine tote Zeit.«

Suter schniefte. Unerhört, was er sich alles gefallen lassen musste. Er fasste Hunkeler ins Auge.

»Ich gehe davon aus, dass nicht Sie das Messer geholt haben, Herr Kommissär?«

»Nein, ich habe bei meiner Freundin im Bett gelegen. Es könnte jemand gewesen sein, der den Polizeifunk mithört.«

»Nein«, entschied Suter nach kurzem, angestrengtem Überlegen. Er stellte das Gerät wieder an.

»Wir wissen leider nicht, wer das Messer geholt hat. Es ist die vordringliche Aufgabe, dies herauszufinden.

Sechstens: Die türkische Botschaft hat sich eingeschaltet, der Fall weitet sich aus. Die türkische Botschaft geht davon aus, dass es ein Mafiafall ist. Es geht um zwei Kilo Heroin, die wir tatsächlich gefunden haben, vergraben im Garten. Stopp.«

Er drückte die Taste.

»Habe ich das nicht bereits gesagt? Wenn schon, macht nichts.«

Er startete das Gerät.

»Siebtens: Der Fall Aische Aydin scheint nun endgültig gelöst. Der Ehemann ist entlastet, was uns insbesondere für unsere türkischen Freunde freut. Aische Aydin ist offensichtlich von diesem Berufskiller Jean Charles Gerroni erschlagen worden. Dies zuhanden der türkischen Botschaft.«

Er stellte ab, sichtlich erleichtert, befriedigt von seiner analytischen Leistung.

»Warum hat er ihr das Gesicht zertrümmert?«, fragte Hunkeler.

»Wie bitte?«

»Ich frage mich, wieso ein Berufskiller einer Frau das Gesicht zur Unkenntlichkeit entstellt. Wieso sollte er sie überhaupt töten? Wegen Drogen? Dann müsste Herr Aydin bei der Mafia mitgemacht haben. Und wieso hat er in jener Wohnung kein Messer hinterlassen?«

Suter stützte die Stirn auf seine linke Hand, schien nachzudenken. Er brauchte nicht lange dazu.

»Lassen Sie das meine Sorge sein. Ich bin entschlossen, diesen Fall zu lösen. Und noch etwas. Es würde mich freuen, wenn Sie mitarbeiten. Aber bitte keine Sonderzüglein mehr. Die Leitung habe ich.«

Er erhob sich, sicher und zufrieden. Er hatte das Problem im Griff. Er nahm das Gerät vom Tisch, nickte Hunkeler kurz zu und ging mit Madörin hinaus.

Am Abend betrat Hunkeler das Café Flamingo. Er hatte Alice Odermatt angerufen, die in jener Gegend eine Ballettschule hatte. Sie hatte ihn zuerst zu sich heim gebeten und, als er nicht wollte, dieses Lokal vorgeschlagen.

Er setzte sich an ein schmales Tischchen in der Ecke, bestellte Milchkaffee und Würstchen mit Senf und Brot. Der Puls klopfte leise im Hinterkopf.

Jean Charles Gerroni, dachte er, was war das für ein Mensch, wenn es ihn wirklich gab? Wie kam ein Killer dazu, ein Markenzeichen zu hinterlassen? Warum versuchte er nicht, unter allen Umständen unerkannt zu bleiben? War dies ein besonderer Berufsstand, der seinen eigenen Stolz hatte?

Wenn es denn dieser Gerroni aus Marseille gewesen war, der ihm den Schlag verpasst hatte, so war er in der Tat ein Meister seines Fachs. Der Hieb hatte ihn nicht schwer verletzt, er hatte ihn nur kurz aus dem Verkehr gezogen. Eine genau abgemessene Narkose, die dem Killer genug Zeit zum Verschwinden gegeben hatte. Und ein solcher Berufsmann sollte Aische Aydin das Gesicht zerschmettert haben? Nie im Leben.

Hunkeler fröstelte. Die Hirnerschütterung, redete er sich ein, der Beginn eines Schüttelfrostes mit Fieber. Aber er wusste, dass die Kälte in seinem Leibe von etwas anderem kam. Wenn es tatsächlich Gerroni gewesen war, und dies war anzunehmen, die Initialen wiesen darauf hin, so hatte er es mit Berufsgangstern zu tun, die vor nichts zurückschreckten. Zwei Kilo Heroin, das war sehr viel Geld. Wem gehörten sie, wer hatte sie vergraben? Bestimmt nicht Theo Ruf, der hatte sich ja kaum auf den Beinen halten können. Ali Aydin? Der war nichts als ein biederer Handwerker gewesen. Es war zwar möglich, dass er von Landsleuten zu kleinen Diensten gezwungen worden war. Vielleicht hatte er tatsächlich gegen ein bisschen Geld, das für ihn viel gewesen war, das Heroin im Hinterhof vergraben. Aber ein Gangster war er ebenso wenig gewesen wie sein Landsmann Fazil Sengün.

Der schmale Freddy vielleicht? Aber war der nicht zwei Nummern zu klein?

Blieben die beiden Herren von der türkischen Botschaft. Denen war vieles zuzutrauen. Vielleicht hatten sie, als ihnen das Heroin aus irgendwelchen Gründen durch die Lappen gegangen war, die Basler Polizei auf die richtige Fährte gesetzt, indem sie den Namen des Killers preisgegeben hatten. Aus Rache, um die Konkurrenz einzuschüchtern. Wenn das so war, so sah Hunkeler schwarz. Diese Gegner waren viel zu schlau und zu brutal, als dass ihnen ein Polizist wie Madörin hätte gefährlich werden können. Auch Suter vermochte das nicht, der schon gar nicht. Der hatte nichts im Kopf als die eigene Karriere. Die ganze Basler Polizei, und Hunkeler zählte sich auch dazu, war zu schwach, zu brav, um an die internationale Kriminalität heranzukommen.

Das Beste wäre es gewesen, wenn der Tod der Aische Aydin aufgeklärt worden wäre. Das hätte dem Fall die

Spitze genommen, die kriminelle Brisanz. Theo Rufs Tod wäre ohne große Diskussion hingenommen worden. Ein verkommener Drögeler, der auf dubiose Art umgekommen war. Immerhin hatte er eine ansehnliche Menge Heroin im Glas aufbewahrt. Das wusste zwar niemand außer Hunkeler und der Dealer, der wahrscheinlich Alfred Woodtli hieß. Vielleicht war der Maler selber ein Dealer gewesen. Vielleicht war er ein Konkurrent von Woodtli gewesen und hatte deshalb dran glauben müssen.

Hunkeler war sich ziemlich sicher, dass diese Fragen nie ganz geklärt werden würden. Die Drogenszene war zu raffiniert und setzte zu viel Geld um, als dass die Polizei sie hätte durchleuchten können.

Er grinste bitter, klopfte eine Zigarette aus der Schachtel, wollte sie anstecken. Er überlegte kurz, dann brach er sie entzwei und legte die beiden Enden in den Aschenbecher. Gut so, das war immerhin ein Anfang.

Als er in ein Würstchen biss, sah er eine jüngere Frau hereinkommen, mit kurzem Haar, mager, mit breiten Schultern. Sie schaute ihn fragend an. Er erhob sich und stellte sich vor.

»Freut mich«, sagte sie und setzte sich. »Ich bin Alice Odermatt.«

Sie hatte ein bleiches, ausdrucksloses Gesicht mit schwarzen Augen. Sie bestellte einen Orangensaft, frisch gepresst. Sie wartete, was er sagen würde.

»Ich ermittle im Fall Aische Aydin, allerdings nicht offiziell. Der Fall wurde abgeschlossen. Aber ich hätte noch ein paar Fragen.«

Sie nickte, ihr Gesicht war plötzlich traurig.

»Ich bin froh, dass Sie mich angerufen haben. Dieser Mord zerstört meine Seele. Ich werde Ihnen alles sagen, was ich weiß.«

Seltsam förmlich kam das aus ihrem schmalen Mund, als ob sie in einem drittklassigen Film mitspielen würde.

»Was wissen Sie?«

»Ich weiß, dass ihr Ehemann sie umgebracht hat.«

Hunkeler schluckte leer, als wäre ihm etwas aufgestoßen. Er nahm die Tasse mit dem Milchkaffee, um den Schreck hinunterzuspülen.

»Woher wissen Sie das?«

»Ich weiß, dass im Iran immer noch Frauen wegen Untreue gesteinigt werden. Sie graben sie bis zur Brust ein und werfen faustgroße Steine auf sie, bis sie tot sind.«

»Die Türkei ist nicht der Iran.«

Die Trauer verschwand aus ihrem Gesicht, es blieb ausdruckslos. In Sekundenschelle ging das. Sie senkte den Blick, wartete.

»Sie sind Balletttänzerin, nicht wahr?«, fragte er, bloß um irgendetwas zu sagen.

»Warum? Sieht man das?«

Er nickte.

»Ich bin es gewohnt, mit meinem Körper umzugehen. Den ganzen Tag übe ich das. Ich bin die Freundin meines Körpers, und er ist mein Freund. Eine Frau ist ein flüchtendes Reh.«

Er wollte in die Tasche greifen nach den Zigaretten. Er tat es nicht.

»Wie lange wohnte Herr Aydin in der Schweiz? Wissen Sie das?«

Sie nickte, sie wusste alles.

»Über zwölf Jahre. Erst als Saisonnier. Pro Jahr neun Monate hier, ohne Frau und Kind, dann drei Monate in Konya. Dann hat er seine Frau nachkommen lassen. Aber gelernt hat er in all den Jahren nichts.«

»Was hätte er lernen sollen?«

Sie schaute ihn misstrauisch an, aber sie redete weiter.

»Dass man mit einer Frau lieb und zärtlich sein muss.«

»Sie war wohl auch ein flüchtendes Reh?«

»Sie war eine Schönheit. Haben Sie sie gekannt?«

»Ich habe sie kurz gesehen. Als sie tot war.«

Sie zog ein Papiertaschentuch hervor, tupfte zwei Tränen weg, die an ihren Wimpern hingen.

»Ich kann es nicht fassen. Entsetzlich, unvorstellbar.«

Sie schaute sich um, als hätte sie sich beobachtet gefühlt. Das Café war leer. Ein Lokal aus den frühen sechziger Jahren, abgestanden und leblos.

»Er war ein Macho, ein Verbrecher. So eine zarte Frau. Ich bin sicher, er hat sie mit dem Hammer erschlagen.«

Er nahm eine Zigarette, zerbrach sie, legte die Enden in den Aschenbecher. Sie zuckte zusammen.

»Was machen Sie da? Sind Sie gewalttätig?«

»Ja. Ich versuche mit Gewalt, nicht zu rauchen.«

Sie kicherte spitz, man sah ihre schmalen, schneeweißen Zähne.

»Immerhin das«, sagte sie. »Süchtige Männer sind harmlos.«

Er grinste, nur kurz. Er versuchte möglichst harmlos zu bleiben. »Warum hat er die Kinder nicht nachkommen lassen, wenn er doch die Niederlassungsbewilligung hatte?«

»Was hätte er mit ihnen anfangen sollen? Die hätten ihn nur gestört. Er wollte Geld haben und sein Weib besitzen, sonst nichts.«

»Nehmen wir einmal an, das war so. Dann hatte er ja alles, was er haben wollte. Warum hat er sie denn ermordet? Dann hatte er ja nur noch sein Geld.«

Sie nahm einen Schluck vom Orangensaft, behutsam, als ob es ein gefährliches Getränk gewesen wäre. Sie litt, das Gespräch fiel ihr schwer.

»Er hatte sein Weib bereits verloren. Sie war verliebt.«

Er lächelte lieb, ein harmloser, süchtiger Onkel aus früher Kindheit.

»In Sie?«

»Leider nicht. Sie würde noch leben, und es würde ihr gutgehen, wenn sie den Mut gehabt hätte, sich in mich zu verlieben. Aber sie hat es nicht geschafft. Sie war nicht fähig, ihre patriarchalisch geprägte Vergangenheit zu verlassen. Sie blieb ihrer Herkunft verhaftet. Das hat sie umgebracht.«

Wieder betupfte sie ihre Wimpern, ein leichtes Zittern lief durch ihre Schultern.

»Wir Frauen müssen uns gegen die Reproduzierung der männlichen Wahnvorstellungen wehren«, erklärte sie. »Das gelingt uns am besten, indem wir die Mutterschaft verweigern. Kaum sind wir schwanger, haben uns die Männer in ihrer Gewalt. Die sollen sich doch gegenseitig in ihre Ärsche ficken und uns in Ruhe lassen. Stimmt doch, nicht?«

Sie schaute ihn aufmunternd an, ziemlich forsch. Er hatte ihr interessiert zugehört.

»Ich habe ihr immer wieder gesagt, sie müsse sich von

ihrem Mann trennen. In der Türkei wäre das nicht möglich gewesen. Aber in der Schweiz wäre es gegangen. Aber sie hat gesagt, sie liebe ihren Mann.«

Empört schaute sie ihn an, als hätte sie sein Einverständnis gehabt.

»Stellen Sie sich einmal vor, diese zarte, feine Frau, dieses scheue Waldtier lässt sich jede Nacht von einem gefühllosen, brutalen Machtmenschen vergewaltigen. Sie lässt sich schwängern und durch die Schwangerschaft versklaven, und sie darf die Kinder doch nicht zu sich nehmen, die ihr alles bedeuten. Das ist ein Verbrechen.«

Ihre schmale Hand schlug auf den Tisch, sie funkelte ihn an. Kein Zweifel, die Dame war voller Energie.

»Wer hat verhindert, dass die Kinder nachkommen konnten?«, fragte Hunkeler, zart und lieb.

»Wer wohl? Der Ehemann natürlich. Er wollte nicht zulassen, dass sie Macht erhielt. Mit den Kindern hätte sie Macht gehabt, Macht über die Zukunft. Mit ihnen hätte sie die Zukunft geformt. Das wollte er verhindern.«

»Und deshalb hat er sie umgebracht? Das ergibt doch keinen Sinn.«

Sie runzelte die Stirn, drei scharfgeschnittene Falten.

»Sind Sie wirklich von der Polizei?«

Er zeigte seinen Ausweis. Sie las ihn genau.

»Unglaublich«, sagte sie, »was die heutzutage für Leute anstellen. Männer, die keine Ahnung haben vom Krieg der Geschlechter, vom weiblichen Befreiungskampf. Wie soll sich da die Welt bewegen?«

»Hören Sie mal, wenn ich bitten darf. Ein Mann erschlägt doch nicht die Mutter seiner Kinder. Schon aus rein praktischen Gründen nicht. Sonst müsste er ja selber zu ihnen schauen.«

»Sie denken zu kurz, Mann«, dozierte sie eisern entschlossen. »Sie denken in Männerkategorien. Das Problem ist viel komplexer. Erst schwängert der Mann die Frau, um sie zu versklaven. Er nimmt sie so aus der Erwerbstätigkeit, die ihr die Grundlage für die freie Entfaltung der eigenen Persönlichkeit liefern würde. Er frohlockt, kommt sich groß vor und stark. Dann, wenn die Kinder heranwachsen, merkt er in seinem dumpfen Gehirn, dass nicht er Macht hat über die Kinder, sondern die Frau. Sie gibt ihr Wissen, ihre Gefühlswelt weiter, nicht er. Sie reproduziert sich also, nicht er.«

»Und darum schlägt er zu?«

Sie stutzte, sie merkte, dass sie sich verheddert hatte.

»Das würde heißen«, folgerte Hunkeler, »dass die Frauen sich deshalb schwängern lassen, weil sie dadurch Macht über die Zukunft erhalten.«

»Wir machen nicht mehr mit«, entschied sie. »Dieses Machtspiel, meine ich, ist uns zu blöd.«

»Das Beste wäre wohl, die Frauen könnten sich selber besamen, nicht wahr? Wie der Haselbusch, der kann das. Der hat beides, Samen und Ei.«

»Warum denn? Es gibt zu viele Menschen auf der Welt. Das Beste wäre, die Männer würden sich kastrieren lassen. Zwanzig Jahre Zeugungsstopp, auf der ganzen Welt. Das würde diesem Planeten nur guttun. Glauben Sie nicht?«

»Ich habe meine Pflicht getan«, sagte er, »ich habe mich reproduziert. Ich glaube, ich bin keine große Gefahr mehr für flüchtende Rehe.«

Jetzt lächelte sie tatsächlich, ihre Augen blitzten. Sie schüttelte den Kopf, aus Lust, wie es schien.

»Deshalb rede ich überhaupt mit Ihnen, weil Sie ein alter Mann sind.«

Sie trank den Saft aus, sie wollte gehen.

»Ich habe noch zwei Fragen«, sagte er. »Erstens: Wissen Sie, in wen Frau Aydin verliebt war? Zweitens: Wissen Sie, von wem sie das Amulett mit dem Paar im Kahn erhalten hat?«

Die Fröhlichkeit war wie weggewischt aus ihrem Gesicht.

»Tut mir leid, das weiß ich nicht.«

»Aber Sie haben dieses Amulett gesehen?«

»Ja. Sie hat es geliebt.«

»Vielleicht könnte uns dieses Amulett zum Täter führen«, meinte er, ganz harmlos.

»Sie sind ein Hartkopf, nicht wahr? Ein eiserner Krieger. Sie schnüffeln nach einem Verbrechen aus Liebe.«

Stimmt, dachte er, nach einem Verbrechen aus unmöglicher, beleidigter, auswegloser Liebe.

»Das ist Blödsinn, Mann. Liebe tötet nicht, Liebe befreit. Geben Sie sich einen Ruck, Macho. Werden Sie weich wie Wasser.«

Oder wie Honig, dachte er und lächelte süß.

»Einen Moment noch, bitte. Kennen Sie einen Alfred Woodtli?«

Nein, kannte sie nicht.

»Fritz Stampfli? Der ist Reiseleiter. Sie hat bei ihm geputzt.«

Sie erhob sich, schaute ihn ausdruckslos an.

»Ich kenne diese Männer nicht. Tut mir leid. Es war ein entzückender Abend. Und denken Sie daran, es ist nie zu spät. Auch für Sie nicht.«

Sie ging auf breitgestellten Füßen hinaus, ließ einen verwirrten Hunkeler zurück.

Am andern Morgen um zehn, Hunkeler hatte sich geduscht und fühlte sich weich wie Wasser, rief er auf dem Lohnhof an. Suters Nummer gab keine Antwort. Er wählte Haller.

»Hör mal«, sagte er, als die Verbindung klappte, »ich möchte mit Suter reden.«

»Der ist verreist, an einen Kongress über Kriminalpsychologie nach Darmstadt.«

Ach so, der war hart wie Granit, der stemmte sich nach oben in den wissenschaftlichen Diskurs.

»Es ist nie zu spät«, sagte Hunkeler, »auch für Suter nicht.«

»Was ist los mit dir? Bist du übergeschnappt?«

Hunkeler grinste. Gut möglich, dass er übergeschnappt war.

»Ich lasse ausrichten, dass ich eine Woche lang nicht auftauchen werde. Vielleicht auch länger. Ich bin im Elsass zu erreichen. Oder in meiner Basler Wohnung.«

»Ich werde es melden. Wie geht's deinem Kopf?«

»Danke, ganz gut.«

Er zögerte, dann fragte er doch.

»Warum fährt der Kerl nach Darmstadt, jetzt, wo Feuer im Dach ist?«

»Warum wohl? Gerade deshalb. Drei Tage ist er weg. Dann kommt er zurück und scheißt uns zusammen, weil wir den Fall Aydin noch immer nicht gelöst haben.«

»Was macht Madörin?«

»Der hat eine Grippe und trinkt Hustensirup.«

»Also ist alles auf bestem Wege.«

»Es scheint fast so«, sagte Haller traurig.

Hunkeler ging hinunter, setzte sich in sein Auto und fuhr los. Die Flocken fielen noch immer, sie waren nass und schmolzen auf der Straße. Er fuhr die übliche Route den Kiesgruben entlang, und wie üblich stand an der Grenze der Schweizer Zöllner, ein standhafter Schneemann. Der Stern von Bethlehem über der Straße in Hegenheim, die Anhöhe nach Hésingue. Oben die weiße Fläche, von Schnee verhangen.

Er parkte vor seinem Haus, öffnete, machte Feuer im Ofen. Er löffelte den beiden Katzen, die sogleich angerannt kamen, Büchsenfleisch in den Napf, setzte sich an den Küchentisch, schaute hinaus. Er sah das gern, was er vor sich hatte. Den alten Birnbaum, der einen dürren Ast wie einen arabischen Halbmond in den Himmel reckte. Den schmalen, hochgeschossenen Kirschbaum. Die Pappel dahinter, die im weißen Geflocke nur noch schwach zu erkennen war.

Er ging hinüber in die Stube, schob Holz nach, legte sich aufs Bett und zog die Daunendecke über sich. Hier würde er bleiben, sich einigeln in der Wärme. Warten auf bessere Zeiten, bis er ein alter Mann war und endgültig zu Hedwig kriechen konnte.

Am Nachmittag zog er Stiefel und Pelerine an und

machte sich im Garten an die Arbeit. Er schnitt die Malven und Sonnenblumen weg, grub die Dahlienknolle aus und brachte sie in den Stall. Er betrachtete die Christrosen. Sie trugen Knöpfe, sie würden bald blühen zur Winterszeit. Er trug Bank und Gartentisch unters Scheunendach, mit klammen Fingern. Sein Herz hämmerte, er sah seinen Atem, der in die Kälte stieß.

Als der Garten winterfest war, ging er nach hinten Richtung Wald. Er stapfte langsam durch den handhohen Schnee, ließ eine wässerige Spur zurück. Die Maisstoppeln ragten aus der weißen Fläche. Die Äste der Weiden am Bachlauf hatte der Schnee zu Boden gedrückt. Er sah frische Spuren von Wildschweinen. Es musste ein ganzes Rudel gewesen sein, das unter der Führung einer erfahrenen Bache aus dem Jura in die Rheinebene hinuntergetrabt war, um dort zu überwintern.

Er wanderte zwei Stunden lang im Wald herum, behutsam Schritt vor Schritt setzend. Er merkte, dass er erschöpft war.

Zu Hause schob er Holz nach, dicke, harte Buchenscheite. Dann ging er über die Straße in den Stall, setzte sich auf die Bank und schaute dem Bauern zu, wie er die Saugnäpfe der Melkmaschine wegnahm von einer Kuh und an ein volles Euter setzte. Er hörte ihn schimpfen über Araber und Zigeuner, das Saupack, für das der Staat Milliarden ausgab. Aber sie, die alteingesessenen, hart arbeitenden Bauern, ließ er darben. Das alte triste Lied, Hunkeler kannte es zur Genüge. Er wusste, dass keine Widerrede half. Er schwieg und hörte zu.

Am Abend fuhr er zu Münch nach Knoeringue, setzte

sich an den Stammtisch und trank zwei Bier. Er lauschte dem Gespräch, sagte ab und zu ein Wort, schwieg meist. Über die Wildschweine redeten sie, die ganze Maisfelder umpflügten, über einen Keiler, der sich in die Apfelplantage bei Folgensbourg verirrt hatte und von einem Jäger erschossen worden war. Das Tier war schwer wie ein Kalb gewesen, mit Hauern wie Dolchen.

Hunkeler schlief zwölf Stunden diese Nacht und in den folgenden Nächten auch. Am Freitagmorgen riss er den Verband weg vom Ohr, es ging ohne Schmerz. Er entfernte den Verband vom Hinterkopf, auch das war ohne weiteres möglich. Er stellte sich vor den Spiegel im Badezimmer. Er sah einen alten, müden Mann mit grauen Bartstoppeln. Nur die Augen glänzten.

Am Abend traf er sich mit Hedwig bei Jaeck. Sie aßen Wildschweinkoteletts mit Rotkraut, Kastanien und Spätzle, tranken eine Flasche Beaujolais-Village.

»Schau an«, sagte sie, »deine Augen leuchten wieder.«

Sie strahlte ihn an, er sah, dass er ihr gefiel.

»Ich höre auf meinen Bauch«, sagte er. »Der sagt mir, ich solle abends früh ins Bett kriechen, zwei Katzen zu mir legen, aufs knisternde Holz im Ofen hören und die Augen schließen.«

»Endlich. Vielleicht bist du doch kein hoffnungsloser Fall. Oder was meinst du?«

Er lächelte matt.

»Keine Ahnung. Im Moment bewege ich mich nur, um durch den Wald zu stapfen. Ich komme mir vor wie ein Gespenst. Rübezahl oder so. Ich höre den Schnee fallen und die Würmer im Boden herumkriechen.«

»Und die Türkin? Hast du die vergessen?«

Er schüttelte den Kopf, nahm einen kleinen Schluck.

»Vergessen habe ich sie nicht. Das ist auch nicht möglich. Ich warte, bis etwas geschieht.«

Er sah, dass sie erschrak.

»Was soll denn noch geschehen? Für was haben wir eigentlich die Polizei?«

»Das frage ich mich auch.«

»Ich habe gemeint, du seist nicht verantwortlich, du seist abkommandiert.«

»Stimmt. Deshalb hocke ich hier und esse Wildschwein mit dir.«

Sie schaute ihn misstrauisch an, bis sie sich zu einem Lächeln entschied.

»Diese Nacht gehört uns«, sagte sie. »Wir ziehen das Telefon aus und legen uns zusammen ins Bett. Oder willst du nicht?«

»Ich bitte höflich darum.«

Sie fuhren durchs Schneegestöber, mit drehenden Wischern, im zweiten Gang. Sie hatte die Hand auf seinen Nacken gelegt. Ihr Kopf ruhte auf seiner Schulter. Zu Hause zogen sie sich aus, legten sich hin und liebten sich.

Diese Vertrautheit, dachte er, als sie fertig waren und ihr Bauch auf ihm lag. Wo hatte sie das gelernt?

»Ich frage mich«, sagte er, »wo du das gelernt hast. Warum ist es immer so schön mit dir?«

»Das ist eine indiskrete Frage. Eine Frau hat ihr Geheimnis.«

»Ich frage mich, warum es zwischen uns immer noch so gut klappt. Ich meine, mit einem sechzigjährigen Mann.«

»Weil wir uns lieben, du Idiot«, sagte sie. »Wir werden miteinander schlafen, solange wir atmen.«

Am anderen Morgen um zehn, es war Samstag, und Hedwig war nach Basel zurückgefahren, rief Suter an.

»Wie geht's?«, fragte er.

»Danke, ganz gut. Ich schiebe eine ruhige Kugel.«

»Gut, das zu hören. Sie haben es redlich verdient. Wie geht's Ihrer Freundin?«

»Danke, hervorragend. Wir haben gestern Abend Wildschwein gegessen.«

»Freut mich, in der Tat. Ich will Sie ja nicht stören, Herr Kommissär. Wie geht's Ihrem Kopf?«

Suter war unruhig, das war deutlich zu hören. Irgendetwas lag auf seiner gepflegten Seele.

»Wenn Sie wollen«, sagte Hunkeler höflich, »bringe ich ein Arztzeugnis vorbei, das mir Arbeitsunfähigkeit attestiert.«

»Sie machen wohl Witze, was? Hören Sie auf, ich habe vollstes Vertrauen in Sie.«

Ein leises Trommeln war zu hören. Es musste die Hand auf der Tischplatte sein.

»Warum rufen Sie an?«

»Weil Sie unser bester Mann sind. Ich mache mir Sorgen um Sie.«

Kunstpause. Ein schnelles Atmen.

»Übrigens hat die türkische Botschaft in Bern die beiden Beamten abgezogen. Dafür haben sie einen neuen Mann geschickt. Er ist gestern angekommen und hat mich gleich angerufen. Er heißt Türkoglu und ist die Arroganz in Person.«

Hunkeler schwieg.

»Sind Sie noch da? Warum sagen Sie nichts?«

»Ich höre. Reden Sie weiter.«

»Er hat sich nach dem Ehepaar Aydin erkundigt. Er tat sehr empört, hat mir eindeutige Vorwürfe gemacht. Vom Heroin hat er kein Wort gesagt.«

»Warum erstaunt Sie das?«, fragte Hunkeler. »Die türkische Botschaft ist schließlich für ihre Staatsbürger verantwortlich. Und die Täterschaft im Fall Aische Aydin ist zumindest fraglich.«

»Aber nicht doch. Der Fall ist geklärt. Die beiden Beamten haben uns ja höchstpersönlich auf die Fährte Gerroni gesetzt. Die Sachlage ist eindeutig. Wir haben gewissenhaft gearbeitet und das Dossier abgeschlossen.«

»Wer hat dann das Heroin in Theo Rufs Garten vergraben?«

»Wie soll ich das wissen? Wir arbeiten daran. Im Vertrauen gesagt, ich habe den Eindruck, Herr Türkoglu weiß mehr, als er sagt. Er scheint mir ein typischer Mafioso zu sein. Er empört sich wegen Aische Aydin. Aber es geht ihm ums Heroin.«

Kunstpause, dann flüsterte er.

»Vielmehr geht es ihm um die Kanäle, durch welche das Heroin hierhergekommen ist. Er sucht das Leck.«

»Das suchen wir auch, nicht wahr? Wir möchten auch wissen, wem das Heroin gehört.«

Wieder ein schnelles Atmen, das Trommeln der Finger.

»Was wir brauchen, ist Ruhe in dieser Stadt. Ruhe für Basel. Wir dürfen uns von diesen Mafiosi nicht in die Bredouille bringen lassen. Ich brauche alle Mann an Bord. Wann sind Sie zurück?«

»Mein Schädel brummt«, sagte Hunkeler. »Der Arzt hat mir Bettruhe verordnet.«

»Aber für Wildschweinbraten reicht's, nicht wahr?«, krähte Suter. »Was ist denn das für ein Pflichtbewusstsein? Sie dürfen doch in der Stunde der Gefahr Ihre Kameraden nicht im Stich lassen.«

»Tut mir leid«, sagte Hunkeler bedauernd. »Ich tue, was ich kann. Ich werde mich melden, wenn ich wieder einsatzfähig bin.«

Er legte auf, schaute durchs Fenster in den Hof hinaus. Weiße Flocken, weiße Straße, weißer Busch. Er ging in die Küche und versuchte sich zu beruhigen. Er spürte ein Zittern in den Knien, versuchte sich zu beherrschen. Die Knie zitterten doch.

Er hob eine Katze auf, die um seine Beine schnurrte, streichelte sie. Ein neuer Mann war also eingeflogen worden, ein scharfer Hund. Was hatte er vor, was würde er unternehmen? Und wo steckte Jean Charles Gerroni?

Er erhob sich, zog die Jacke an, ging hinaus und setzte sich ins Auto. Er fuhr über die Hochebene, mit Abblendlicht. Es regnete, der Schnee auf der Fahrbahn war geschmolzen. In der Ebene unten sah er den Flughafen liegen, die Lichter der Landebahn. Ein verregneter Novembermorgen, seltsam warm. Föhn offenbar, der Schnee würde in wenigen Stunden weg sein.

Er parkte vor der Abflughalle und ging hinein. Er trat

zum Kiosk, kaufte ein paar Wochenzeitungen. Er schaute sich auf der Anzeigetafel die Destinationen an. Luxor, Teneriffa, Togo. Um 11 Uhr 30 startete eine Maschine der Crossair nach Marseille.

Marseille, dachte er, die Hafenstadt in den Hügeln. Ein Kahn im Hafen, der durch die Nacht nach Korsika schwimmt. Man fährt über die Ladebrücke in seinen Bauch, stellt sich an die Reling und sieht in der Abendsonne die weißen Hügel entschwinden.

Vor den Schaltern standen lange Schlangen bunt gekleideter Touristen, griesgrämig, müde. Sie hatten schwere Koffer bei sich, in die Badeanzüge und Schnorchel gepackt waren.

Hunkeler grinste. Er begriff diese Leute gut, er wäre auch gerne mitgeflogen.

Am Abend gegen sechs, Hunkeler war soeben von einem dreistündigen Spaziergang durch den Regen zurückgekehrt, klingelte das Telefon. Er hob ab in der Meinung, Hedwig zu hören. Aber es war nicht Hedwig.

»Alfred Woodtli«, sagte eine schnelle Stimme.

»Ach so? Was verschafft mir die Ehre?«

»Bitte keine faulen Sprüche. Ich stehe in einer Telefonkabine und habe nicht viel Zeit. Gerroni ist in der Stadt.«

»Woher weißt du das?«

»Ich habe ihn nicht selber gesehen. Aber ich weiß es.«

»Von wem?«

»Das sage ich nicht.«

Der schmale Freddy war in Panik.

»Warum rufst du mich an?«

»Sie haben doch das Messer, nicht wahr?«

Hunkeler überlegte. Er zögerte.

»Was tut das zur Sache, wenn ich es hätte?«

»Es ist ein neuer Mann aufgetaucht. Türkoglu heißt er. Ein scharfer Hund.«

»Ich weiß.«

»Ich habe mit Türkoglu nichts zu tun. Das schwöre ich.«

»Aber mit den beiden Attachés, mit denen hast du etwas zu tun gehabt, nicht wahr?«

Eine kurze Pause, ein schnelles Atmen.

»Wenn Madörin das weiß, locht er mich ein.«

»Und ich? Ich loche dich nicht ein?«

»Nein, Sie sind auch nicht ganz koscher. Was würde wohl Madörin sagen, wenn ich ihm das mit dem Messer erzählen würde?«

Das war wahr. Da hatte Freddy einen kleinen Trumpf im Ärmel.

»Du hast also die zwei Kilo Heroin in Theo Rufs Garten vergraben«, sagte Hunkeler.

Pause. Man hörte das Klicken eines Feuerzeugs, dann einen tiefen Zug.

»Woher hast du den Stoff erhalten?«

»Das darf ich nicht sagen. Sie würden mich umbringen.«

»Vielleicht bringen sie dich ohnehin um.«

»Ich brauche Hilfe. Sie müssen mich schützen.«

»Das ist nicht meine Aufgabe. Ruf Madörin an.«

»Das habe ich getan. Aber der will nichts hören. Es sei schließlich Samstagabend, ich würde Gespenster sehen.«

»Du spielst also doppelt«, sagte Hunkeler ruhig. »Ein V-Mann der Polizei und ein V-Mann der Drogenhändler. Warum soll ich dir glauben?«

»Ich würde Sie doch nicht anrufen, wenn ich nicht in Gefahr wäre.«

Auch das war wahr.

»Hatte Herr Aydin etwas mit dem Heroin zu tun?«

»Ach nein, das ist doch Blödsinn.«

»Wer hat dann seine Frau umgebracht? Und warum?«

»Ich schwöre, dass ich es nicht weiß.«

»Wenn du es mir sagst, helfe ich dir.«

»Sie sind unmenschlich. Ich weiß es wirklich nicht.«

Der schmale Freddy weinte beinahe, so schlimm stand es um ihn.

»Wer weiß es dann?«

»Keine Ahnung. Vielleicht Pedro.«

»Warum Pedro?«

»Hören Sie endlich auf. Frau Aydin hat mit dem Heroin nichts zu tun.«

Aha, immerhin das schien klar zu sein. Oder doch nicht?

»Wie steht es mit Theo Ruf?«

»Aber nein. Ich habe ihm doch den Stoff besorgt.«

»Warum hat er dann sterben müssen?«

»Hören Sie auf mit Ihren Fragen. Helfen Sie mir.«

»Es muss einen Grund geben dafür, dass ihn Gerroni umgebracht hat. Oder war es nicht Gerroni?«

»Theo Ruf ist tot. Aber ich bin noch am Leben.«

Hunkeler schwieg. Er hatte Zeit.

»Kann sein«, flüsterte der schmale Freddy, »dass Theo Ruf etwas wusste. Vielleicht hat er etwas gesehen.«

»Was zum Beispiel?«

»Wer das Heroin vergraben hat. Vielleicht hat er versucht, selber dranzukommen.«

»Ich glaube dir kein Wort«, sagte Hunkeler gelassen.

»Ich sage die Wahrheit«, winselte Freddy. »Merken Sie denn nicht, dass ich am Ende bin?«

Hunkeler überlegte, schnell und präzise. Es nützte nichts, er kam nicht dahinter.

»Ich versuche dir zu helfen«, sagte er ruhig. »Aber retten kann ich dich nicht, wenn du wirklich in Gefahr bist. Das kann nur Madörin. Ich rufe ihn an und verlange Polizeischutz für dich. Ob's etwas nützt, weiß ich nicht. Von deinem Doppelspiel brauche ich ja nichts zu sagen.«

»Aber schnell, bevor es zu spät ist.«

»Du könntest natürlich auch ein Taxi nehmen, eine halbe Stunde durch die Stadt fahren und genau feststellen, ob dir jemand folgt. Dann gehst du ins Hotel Rochat, nimmst ein Zimmer und bleibst darin, bis du von uns hörst.«

»Nein, ich gehe in meine Wohnung und bleibe darin. Ich besitze eine Pistole.«

»Wo ist diese Wohnung?«

»Elsässerstraße, direkt über der Voltastube, dritter Stock. Oder noch besser, ich setze mich ins Volta. Dort getraut er sich nicht.«

»Wie lautet die Telefonnummer?«, fragte Hunkeler. Aber es war nur noch der Summton zu hören.

Gegen 22 Uhr desselben Abends betrat Hunkeler den Lohnhof.

Er hatte sich nach Alfred Woodtlis Telefonat ins Bett neben dem Ofen gelegt, hatte sich eingerollt und versucht einzuschlafen. Er hatte der Melkmaschine von gegenüber gelauscht, dem regelmäßigen Saugen. Er hatte sich erhoben, war hinübergegangen und hatte sich auf die Stallbank gesetzt. Er hatte den Bauern schimpfen gehört, die immer gleiche Litanei. Das Wiederkäuen der Tiere, das Rasseln der Ketten an den Barren, das Aufklatschen der Fladen auf dem Boden. Er hatte versucht, sich zu konzentrieren auf diese friedlichen, handfesten Geräusche.

Es hatte nichts genützt. Er hatte sich verabschiedet, hatte die beiden Katzen vor die Haustür gestellt, die beleidigt abgezogen waren. Dann war er nach Basel gefahren.

Er klopfte an Madörins Bürotür und trat ein. Am Tisch saß der Detektivwachtmeister mit rotem, verschwitztem Kopf, um den Hals einen Schal, vor sich eine Sirupflasche. Nebenan hockte Lüdi. Die beiden hatten offenbar Kriegsrat gehalten.

»Schau an, der Elsässer Maigret«, sagte Madörin und nahm angewidert einen Schluck Sirup. »Er lässt nicht locker, er muss selber zum Rechten sehen.«

»Stimmt«, sagte Hunkeler und setzte sich. »Es lässt mir keine Ruhe. Alfred Woodtli hat angerufen. Er ist in Panik. Wegen Gerroni.«

Madörin wurde von einem Hustenanfall gepackt. Er nahm ein Fläschchen und sprayte sich in die Nase.

»Und warum ruft er dich an?«, fragte er mit tränenden Augen.

»Er hat gesagt, er habe zuerst hierher angerufen. Aber du hättest ihn nicht ernst genommen.«

»Manchmal habe ich genug vom schmalen Freddy«, sagte Madörin bitter. »Manchmal denke ich, er spielt ein ganz übles Spiel.«

»Er hat Polizeischutz verlangt.«

Madörin zog sein Taschentuch hervor, spuckte hinein.

»Der kann mich mal. Und zwar kreuzweise.«

»Wir haben nämlich den Eindruck«, sagte Lüdi, »Woodtli spielt ein doppeltes Spiel. Könnte ja sein, nicht wahr?«

Hunkeler zuckte mit den Achseln. Ja, das hätte sein können.

»Wir haben ihm laufend Informationen gegeben. Gebracht hat er uns nichts.«

»Ich würde ihn trotzdem hereinnehmen«, meinte Hunkeler vorsichtig. »In sicheren Gewahrsam. Oder wollt ihr ihn braten lassen?«

»Ach was«, sagte Madörin. »Der hockt doch die ganze Nacht in diesen Beizen herum. Dort ist er sicher wie in Abrahams Schoß.«

»Was hat er eigentlich für eine Telefonnummer?«, fragte Hunkeler.

»Warum?«

»Ich habe nachgeschaut im Telefonbuch. Dort ist er nicht aufgeführt.«

Madörin wurde plötzlich wach und böse.

»Was soll das? Was hast du damit zu tun?«

»Ich denke, wir arbeiten zusammen.«

»Wir haben seine Nummer«, sagte Lüdi. »Und wir sind über Funk mit ihm verbunden.«

Hunkeler fühlte sich zerschlagen. Warum war er nicht im Elsass geblieben? Die hockten nur da, die würden ihm nichts sagen.

»Es gibt nichts Widerlicheres«, sagte er, »als wenn die Polizei Lockvögel aussetzt. Zudem ist es nicht gestattet.«

»Blödsinn«, meinte Madörin gelassen. »Dem geschieht nichts.«

»Ich würde ihn trotzdem bewachen lassen. Ein Mann genügt. Er wohnt über der Voltastube.«

Die beiden Kollegen schwiegen. Sie schienen nachzudenken.

»Habt ihr euch eigentlich auch schon überlegt, dass der schmale Freddy selber das Heroin vergraben haben könnte?«

Lüdi nickte. Doch, das hatten sie sich auch schon überlegt.

»Und dass er Theo Ruf umgebracht haben könnte, weil der ihn dabei beobachtet hatte?«

Ja, auch daran hatten sie schon gedacht.

»Warum redest du nicht weiter?«, fragte Lüdi. »Interessant wäre doch zu wissen, woher Woodtli die zwei Kilo erhalten hat, wenn er es war, der sie vergraben hat. Im Weiteren wäre es äußerst interessant zu erfahren, ob wirklich Gerronis Messer dort gelegen hat. Wenn ja, war es Gerroni. Wenn nein, kann es der schmale Freddy gewesen sein. Die Nachbarin hat das Messer gesehen. Sie behauptet das wenigstens. Warum sollte sie lügen?«

Hunkeler wusste es nicht.

»Bloß«, sagte Lüdi, »war das Messer nicht mehr dort, als wir aufgetaucht sind.«

Madörin nickte und nahm einen Schluck Sirup.

»Wir sind übrigens ganz klar der Meinung«, sagte er, »dass es Gerroni gewesen ist. Wir haben dafür gewisse Indizien.«

Er schüttelte sich angeekelt, der Sirup war offenbar bitter. Hunkeler schwieg. Er spürte, wie seine Knie zitterten, ein leises Vibrieren.

»Na dann«, sagte er, »alles Gute. Ich fahre noch schnell in die Voltastube.«

Er erhob sich abrupt.

Er fuhr gleich nach Hause, parkte, stieg hoch in seine Wohnung und betrat die Wohnung. Der Eiskasten stand offen, eine Wasserlache lag davor. Das Tiefkühlfach war abgetaut, das Messer fehlte.

Er saß bis um Mitternacht am Küchentisch, reglos, den Blick auf den Boden gerichtet. Er fragte sich, ob er abhauen, vom Erdboden verschwinden sollte. Mallorca, dachte er, Teneriffa, Togo. Dort hätte er sich für einige Monate verstecken können, dort schien jetzt die Sonne.

Aber nein, das war kindisch. Er hatte das Messer ja nicht entwendet, er hatte es liegenlassen an jenem Abend, als Theo Ruf am Strick hing. Er hatte es später in einem Mülleimer gefunden, fast zufällig war das geschehen. Zugegeben, er hatte den Fund nicht gemeldet und somit ein wichtiges Beweisstück unterschlagen. Das war ein verdammter Fehler gewesen, aber durchaus verständlich in seiner Situation. Ändern konnte er nichts.

Ein ehrenhafter Abgang war ihm gewiß, ein vorzeitiger Rücktritt auf eigenen Wunsch. Der hochverdiente Kriminalkommissär Peter Hunkeler hat nach reiflicher Überlegung beschlossen, vor Erreichen des Rentenalters in den Ruhestand zu treten, um seinen Lebensabend zu genießen.

Was war er für ein Arschloch? War er plötzlich senil geworden? Wie würde er seinen sauberen Kollegen, die in seine Küche eingedrungen waren, unter die Augen treten können? In Sack und Asche?

Er verzog den Mund, versuchte ein bitteres Grinsen. Es gelang nur halb. Er klopfte eine Zigarette aus der Schachtel, steckte sie an und drückte sie aus, ohne einen Zug genommen zu haben.

Nein, er würde ihnen diese Freude nicht machen. Er würde diese Sache durchziehen bis zum Ende.

Er erhob sich, leerte Eiskasten und Tiefkühlfach und warf alles in einen Müllsack. Er trug ihn hinunter aufs Trottoir und ging durch den Regen hinab zur Elsässerstraße. Um halb eins betrat er die Voltastube.

Sie saßen alle da, Pedro, Heinz Grossenbacher, Rolf Herzog. Am Tischende hockte der schmale Freddy, klein und hässlich.

»Komm her«, sagte Hunkeler, »wir setzen uns woandershin.«

Sie gingen nach hinten in die Ecke, wo ein freier Tisch war.

»Von wem hast du das Heroin erhalten?«, fragte Hunkeler.

Der schmale Freddy zitterte, sein ganzer Körper vibrierte.

»Sag's, oder ich lasse dich in deinem Elend hocken.«

»Ich war's nicht«, stieß der Junge hervor, »ich habe den Stoff nicht vergraben.«

»Wer denn?«

Freddy war zäh, er wollte nicht recht. Aber die Todesangst nagte an ihm.

»Es war Ali Aydin. Er hat den Stoff von einem der beiden Herren aus der türkischen Botschaft erhalten. Er hat ihn vergraben. Ich habe gewusst, wo. Ich hätte ihn nach einigen Wochen abholen und verhacken sollen. Aber Theo Ruf hat's gemerkt.«

»Hast du den Maler umgebracht?«

»Nein, sicher nicht. Ich kann das nicht.«

Der schmale Freddy zog ein Taschentuch hervor, drückte es gegen die Augen. Seine Schultern wurden geschüttelt, er schluchzte lautlos.

»Wirst du das bezeugen?«

Der Junge schüttelte den Kopf, mit weit aufgerissenen Augen.

»Nein, unmöglich. Das wäre mein Todesurteil.«

Aber Hunkeler blieb unerbittlich.

»Warum hast du das Messer mitgenommen?«

»Aus Angst.«

»Aus Angst vor wem?«

»Vor Gerroni. Ich wollte nicht, dass er eine Spur hinterlässt. Es hätte niemand etwas merken dürfen.«

War das logisch? Nein, keineswegs.

»Hat Frau Aydin deshalb sterben müssen?«

»Nein. Das hatte einen anderen Grund.«

»Welchen Grund denn?«

»Ich kenne ihn nicht.«

Hunkeler überlegte, trank langsam einen Schluck. Er versuchte ganz in sich hineinzurutschen, in seinen Bauch, in sein Sonnengeflecht. Nur ruhig, alter Mann, es wird sich alles klären.

»Ich frage mich bloß, warum ich dir glauben sollte«, sagte er leise.

»Aber das ist alles logisch«, stieß der Junge hervor. »Das geht alles auf, die ganze Geschichte. Damit ist der Fall doch gelöst.«

Hunkeler betrachtete das Gesicht des schmalen Freddy genau. Den dunklen Flaum auf dem Kinn, die schmalen, bläulichen Lippen. Die eingefallenen Wangen, die hellen Augen, die plötzlich zum Eingang hinsahen und sich verengten.

Hunkeler drehte den Kopf und schaute hin. Im Eingang stand Beat Spälti, in Hut und Regenmantel, die Pfeife zwischen den Lippen. Er schaute sich um, hängte Hut und Mantel an einen Kleiderhaken und ging langsam zu einem freien Tisch, seltsam unsicher, gebrechlich.

»Was spielt eigentlich Spälti für eine Rolle?«, fragte er.

»Keine Ahnung. Ich glaube, der spielt überhaupt keine Rolle.«

Hunkeler erhob sich, nahm sein Bierglas und trat hinüber an Spältis Tisch.

»Darf ich? Ich bin Kommissär Hunkeler.«

»Ich weiß. Setzen Sie sich bitte.«

»Geht's wieder zum Tanz heute Abend?«, fragte Hunkeler munter.

»Ein Witzbold«, meinte Spälti, ohne das Gesicht zu verziehen. »Lassen Sie bitte die faulen Sprüche. Mir geht's nämlich schlecht.«

Er sprach mit eigentümlicher Heiserkeit, es war beinahe ein Flüstern.

»Kehlkopfkrebs, nicht wahr? Der liebe Tabak, die ewige Pfeife im Munde.«

»Ach so, das wissen Sie auch.«

»Ich weiß, dass Sie mit der Bauchtänzerin tanzen, Abend für Abend. Warum?«

Spälti versuchte zu lächeln, er war nicht ohne Charme, tatsächlich. »Ein Mann in meinem Alter hat immer noch seine erotischen Bedürfnisse. Ich befriedige sie mit Tanz.«

»Sie helfen den Leuten im Quartier, die Steuererklärungen auszufüllen, nicht wahr? Sie leben von juristischen Hilfeleistungen.«

»Ich helfe, wo ich kann. Gegen wenig Entgelt.«

»Warum hören Sie eigentlich nicht auf zu rauchen?«

Wieder lächelte Spälti, er war ein Mann von Welt.

»Weil es zu spät ist. In wenigen Tagen werde ich operiert. Sonst würde ich ersticken. Das will ich nicht.«

Das kam gelassen aus seinem Munde. Er sog an der Pfeife, stieß durch die Nase Rauch aus.

»Haben Sie Frau Aische Aydin gekannt?«

»Aber sicher. Sie hat bei mir geputzt. Und ich habe sie juristisch beraten.«

Ach so? Pass auf, alter Mann.

»Was waren das für Beratungen?«

»Ich habe versucht, ihr Erziehungsrecht geltend zu machen und ihre Kinder aus der Türkei herzuholen. Leider ist mir das nicht gelungen.«

»Die Schwiegermutter wollte es nicht zulassen, nicht wahr?«

Spälti nickte, entließ Rauch aus dem Mund.

»Wenn Sie das alles wissen, warum fragen Sie dann?«

»Haben Sie ihr ein Amulett geschenkt, das man als Paar im Kahn bezeichnen könnte? Aus Bronze, ein sehr schönes Stück.«

»Stimmt, ich habe es an ihrem Hals hängen sehen. Sie scheint dieses Amulett geliebt zu haben. Von mir hat sie es nicht erhalten.«

»Von wem denn?«

»Tatsächlich«, sagte Spälti und schniefte angewidert, »das weiß ich nicht. Ich muss übrigens meine Stimme schonen. Wenn Sie noch eine Frage haben, so fassen Sie sich bitte kurz.«

»Darf ich Sie zu einem Whisky einladen? Welche Marke bevorzugen Sie?«

Etwas zuckte in Spältis Gesicht. Vermutlich der Schmerz, der ihm im Halse saß.

»Danke, aber ich bevorzuge Rotwein. Einen Zweier Beaujolais akzeptiere ich gerne.«

Hunkeler bestellte für sich Bier und für Spälti Rotwein. Zu reden gab es nichts mehr, zudem musste Spältis Stimme geschont werden. Ein seltsamer Mann war das, trotz Alter und Krankheit von einiger Eleganz, beherrscht bis in die Zehenspitzen. Ein Herr, der in der Einsamkeit zu leben gewohnt war und sich mit bewundernswerter Kraft aufrecht hielt.

Als die Getränke gebracht wurden, stieß Hunkeler mit ihm an.

»Etwas möchte ich noch wissen«, sagte er, »wenn Sie gestatten.«

Spälti nickte, mit zuvorkommender Freundlichkeit.

»Fürchten Sie sich vor der Operation, vor dem Tod?«

»Aber nein. Warum sollte ich? Der Tod wird für mich eine Erlösung sein.«

Er lächelte jetzt tatsächlich, heiter und froh, als ob er einen angenehmen Witz gehört hätte, der über die Mühen des Alltags hinweghalf.

Hunkeler wartete. Es war ihm nicht unwohl neben diesem Mann.

Um zwei setzte die laute Musik ein, die Bauchtänzerin erschien. Sie schüttelte den Leib, wedelte mit dem schwarzen Schal. Nach einer Weile erhob sich Spälti, schwerfällig, mit letzter Kraft, wie es schien, und tanzte mit ihr.

Als er sich vor der Frau hinkniete und den Schal um den Hals gelegt bekam, ging Hunkeler hinaus. Er sah aus den Augenwinkeln, wie ihm der schmale Freddy erschreckt nachschaute. Er musste sich sehr verloren vorkommen, der junge Mann.

Beim Hinausgehen schwankte Hunkeler, als ob er zu viel getrunken gehabt hätte. Er musste sich für einen Augenblick gegen die Mäntel lehnen, die an den Haken hingen. In der Tasche von Spältis Regenmantel spürte er etwas Rundliches, Hartes. Richtig, es war eine Whiskyflasche.

Er trat in den Regen hinaus.

Diese Nacht schlief er bei Hedwig. Er hatte drei Stunden nach Mitternacht bei ihr geklingelt, war im Lift hochgefahren und zu ihr ins Bett gekrochen. Sie hatte schlaftrunken den Arm um ihn gelegt und sogleich weitergeschnarcht.

Er mochte das, dieses schwere Schnaufen, das anzeigte, dass die Frau, die er liebte, tief und sorglos schlief. Er hörte den Atemgeräuschen zu, versuchte, im selben Rhythmus mitzuschnaufen. Üblicherweise beruhigte ihn das so sehr, dass er gleich einnickte. Diesmal klappte es nicht.

Das verfluchte Messer mit dem Perlmuttgriff! Warum hatte er es nicht auf den Lohnhof gebracht und ordnungsgemäß abgegeben?

Er löste sich sachte aus Hedwigs Umarmung und trat auf den Balkon hinaus. Er steckte sich eine Zigarette an, besann sich aber und trat sie gleich wieder aus.

Die Nacht war klar und kalt. Oben hing der Orion, das mächtige Wintergestirn. Er sah die drei Lichter des Gürtels, den Dolch, der drinsteckte. Ein phantastisches Bild, hell und deutlich erkennbar.

Er würde am Montagmorgen auf den Lohnhof gehen und sich erklären, das musste sein. Er würde mit offenen Karten spielen, seine Gedanken darlegen. Und er würde darauf beharren, seine eigene Spur zu verfolgen bis zur Klärung des Falles Aydin.

Am Morgen weckte ihn Hedwigs Stimme. Er schaute auf den Wecker, es war halb elf. Eine gute Nacht war es gewesen.

Er setzte sich an den Küchentisch, aß ein Ei und Käse, trank Tee. Hedwig strahlte ihn an.

»Was hat mir die Ehre verschafft, zu so später Stunde?«

»Die Einsamkeit«, sagte Hunkeler. »Ich habe mich verlassen gefühlt.«

»Trotz Bier und Schnaps und Trinkerkollegen?«

»Ich habe nur wenig getrunken gestern Abend. Ich hocke nämlich bis zum Hals im Elend.«

Das schien sie nicht zu überraschen. Sie kicherte, ziemlich schadenfroh, wie er fand.

»Es ist nicht zum Lachen«, sagte er. »Ich habe ein wichtiges Beweisstück unterschlagen, habe es im Tiefkühlfach versteckt. Madörin hat es gefunden.«

»Was? Er hat eingebrochen bei dir?«

Er nickte, trank einen Schluck.

»Das sind ja saubere Methoden«, meinte sie. »Ihr müsst miteinander, nicht gegeneinander arbeiten. Oder täusche ich mich?«

»Madörin hat diesen Fall versiebt. Ich versuche nur, die gröbsten Fehler aufzudecken. Das muss ich allein machen.«

»Es geht immer noch um diese erschlagene Türkin, nicht wahr?«

»Ja.«

»Und jetzt hast du einen schweren Fehler gemacht. Es droht dir die Entmachtung.«

»Ich kämpfe nicht um die Macht, sondern um die Wahrheit.«

»Ach was. Du wirst nie herausfinden, was in den Menschen vorgeht, die du verfolgst. Lass Gras drüberwachsen. Die Frau ist tot.«

»Nein«, sagte er, »das kann ich nicht.«

Sie strich sich Butter auf ein Stück Schwarzbrot, schmierte Honig darüber.

»Wenn du mit Schimpf und Schande aus dem Amt gejagt wirst, kommst du eben zu mir. Ich werde dich ernähren, mit gesunder, vollwertiger Kost.«

Sie kicherte. Für sie war das offenbar eine erheiternde Vorstellung.

»Darf ich?«, fragte er.

Er erhob sich, trat zum Telefon und wählte die Nummer von Fritz Stampfli. Der war zu Hause, Hunkeler verabredete sich mit ihm um zwei.

Fritz Stampfli wohnte an der Markircherstraße, dicht an der Grenze zum Elsass. Ein Kleinbürgerviertel mit billigen Dreizimmerwohnungen und Magnolien in den Vorgärten, die jetzt laublos im feuchten Nebel standen. Kleinwagen an Kleinwagen, sauber gepflegt, mit Kuscheltieren hinter den Rückfenstern.

Stampfli wohnte parterre, gleich rechts neben dem Eingang. Ein unscheinbarer, mittelgroßer Mann von dreißig Jahren, mit Nickelbrille und kurzem Haar.

»Erika Frösch hat mich angerufen«, sagte er, als sich Hunkeler gesetzt hatte. »Sie hat gemeint, Sie seien okay, ich solle Ihnen ruhig die Wahrheit sagen.«

»Was für eine Wahrheit?«

»Das frage ich mich auch. Ich kenne die Wahrheit nicht.«

Er saß auf einem Taburett, die Hände zwischen die Knie geklemmt. Im Gang draußen stand ein roter Trampersack. An der Wand türmten sich meterhohe Zeitungsbeigen. Darüber hingen Fotos romanischer Fresken.

»Göreme«, sagte Hunkeler. »Ich habe solche Fotos bei Frau Frösch gesehen. Sind Sie Journalist?«

»Wie kommen Sie drauf?«

Hunkeler zeigte auf die aufgeschichteten Zeitungen.

»Stimmt«, sagte Stampfli. »Im Grunde bin ich Journalist, oder besser Reiseschriftsteller. Nur ist es heutzutage sehr schwierig geworden, einen Text zu platzieren. Es gibt immer mehr Journalisten und immer weniger Zeitungen. Zudem sind die Fernsehteams überall schon da gewesen, wo man auch hinkommt. Wer will sich da noch die Mühe machen, einen Bericht über ein fremdes Land zu lesen?«

Hunkeler nickte, er wusste das auch. »Die unentdeckten Gebiete«, sagte er, »liegen vor der Haustür. Das Elsass zum Beispiel oder der Schwarzwald.«

»Ich reise gern. Ich habe gern ab und zu einen fremden Himmel über mir.«

»Und deshalb sind Sie Reiseleiter geworden«, fragte Hunkeler, »damit Sie einen fremden Himmel sehen?«

»Ich weiß, es ist ein fragwürdiger Beruf. Was macht es für einen Sinn, wenn Horden von Schweizerinnen und Schweizern in ein sogenannt unterentwickeltes Gebiet eindringen, sich aufführen wie Wirtschaftsimperialisten, mit ihrem Geld alles kahlfressen und kahlkaufen, nach zwei Wochen wieder verschwinden und ein verwüstetes Land zurücklassen? Deshalb leite ich nur kulturell orientierte Wanderferien. Ich bereite die Teilnehmerinnen und Teilnehmer an drei Einführungsabenden vor und erkläre ihnen die Mentalität der Leute, die wir besuchen. Ich arbeite darauf hin, die beiden Gruppen, Touristinnen und Touristen und Einwohnerinnen und Einwohner der besuchten Gebiete, in näheren, menschlichen Kontakt zu bringen. Aber ich stelle mich natürlich immer wieder selbst in Frage.«

»Und gelingt Ihnen das?«

»Nicht immer, aber oft. Ich versuche, mit den landesüblichen Mitteln zu reisen. Wir essen, was die einheimische Küche bietet. Wir übernachten in einfachen Herbergen.«

»Ich habe gehört, dass ein Arbeiter in der Türkei nicht viel mehr als hundert Franken im Monat verdient. Diesen Unterschied können Sie beim besten Willen nicht aus der Welt schaffen. In Göreme gehören Sie zu einer anderen Kategorie Menschen als die Einheimischen.«

»Ich weiß«, sagte Stampfli. »Aber was soll ich tun? Auf Reisen verzichten?«

»Nein. Aber ich finde es überflüssig, wenn Sie sich deswegen ein schlechtes Gewissen machen.«

»Ich bin ein bewusster Zeitgenosse. Ich stelle mich den Problemen, den Widersprüchen der heutigen Zeit. Ich versuche, nicht auszuweichen. Möchten Sie gerne ein Bier trinken?«

»Nein. Wenn ich bitten darf, Schwarztee.«

Stampfli setzte Wasser auf, warf zwei Teebeutel in einen Krug.

»Was ist das für eine Wahrheit?«, fragte Hunkeler, »die Sie kennen oder nicht kennen?«

Stampfli runzelte die Stirn, zwei senkrechte Falten erschienen zwischen den Brauen.

»Ich frage mich, ob ich mich mit Ihnen über Intimitäten unterhalten soll oder nicht.«

»Sie haben schon mit Herrn Madörin geredet, nicht wahr?«

»Ja, vor der Abreise nach Göreme. Aber nur kurz. Herr Madörin schien sich sehr sicher zu sein.«

»Inwiefern?«

»Er schien zu wissen, dass Herr Aydin seine Frau eigenhändig erschlagen hat.«

»Und? Hat er das?«

»Wenn Sie das glauben würden, wären Sie wohl nicht hier.«

»Es sind drei Menschen umgekommen«, sagte Hunkeler. »Das Ehepaar Aydin und ein Maler mit Namen Theo Ruf.«

Stampfli nickte. Er schien plötzlich tieftraurig zu sein.

»Der Mord an Theo Ruf interessiert mich nicht in erster Linie«, fuhr Hunkeler weiter. »Mich interessiert der Mord an Aische Aydin. Wissen Sie, woher sie das Amulett erhalten hat, das man als Paar im Kahn bezeichnen könnte?«

»Ich habe es ihr geschenkt.«

»Sie haben sie geliebt, nicht wahr?«

Stampfli wurde kreideweiß im Gesicht. Er klemmte sich beide Hände zwischen die Knie, als ob er sie hätte fesseln wollen. Er begann den Oberkörper vor und zurück zu wiegen.

»Ich mache mir die größten Vorwürfe«, sagte er. »Ich habe meine Gefühle nicht im Zaum halten können.«

»Woher hatten Sie dieses Amulett?«

»Aus Mali. Das war mein Spezialgebiet, bevor ich mit Göreme begann. Sahelzone, südlich der Sahara. Mit schwarzer Mehrheit und Tuareg, die nomadisieren. Heute herrscht Krieg in diesem Land, man kann nicht mehr hinfahren.«

Hunkeler schwieg. Er sah das Wiegen des jungen Mannes.

»Sie hat mein Geschenk akzeptiert. Sie hat es sich gleich umgehängt, sie hat sich gefreut.«

»Sie hat es getragen, als sie erschlagen wurde.«

»Ich weiß.«

»Woher wissen Sie das?«

»Von Herrn Madörin. Von wem denn sonst?«

Er senkte den Blick, starrte auf seine eingeklemmten Hände.

»Ich habe sie einmal umarmt, nach einer unserer letzten Stunden. Ich habe das nicht geplant gehabt, der Antrieb dazu kam aus heiterem Himmel. Ich habe eine Hand auf ihren Nacken gelegt und sie geküsst. Nur kurz, zehn Sekunden vielleicht. Dann hat sie sich abgewandt und zu weinen begonnen.«

Wieder das Wiegen, das hilflose, eintönige.

»Als ich sie das nächste Mal besuchte, haben wir nicht darüber geredet. Wir haben uns verhalten, als wäre nichts geschehen gewesen. Aber es war etwas Einschneidendes geschehen.«

»Was denn?«

»Ich hatte mit meinem Machoverhalten ihre Intimsphäre verletzt. Das hätte ich mir nie erlauben dürfen. Sie war eine Ehefrau, die ihrem Mann treu bleiben wollte.«

»Hat sie Sie vielleicht nicht auch geliebt?«

»Möglich. Aber sie hätte so etwas nie zugegeben.«

»Ich frage mich, warum Sie mir das alles erzählen«, sagte Hunkeler. »Hat es etwas mit ihrem Tod zu tun, oder wollen Sie bloß Ihre Schuldgefühle loswerden?«

»Direkt hat meine erotische Attacke mit ihrem Tod nichts zu tun. Aber ich habe mich trotzdem schuldig gemacht. Die einzige Person, der ich davon erzählt habe, ist Erika Frösch. Sie hat versucht, mich zu beruhigen. Es ist ihr nur halb gelungen.«

»Dieses Schuldgefühl müssen Sie mir genauer erklären. Das ist doch ohne weiteres verständlich, dass sich zwei junge Menschen, die sich im Laufe einiger Privatstunden verlieben, kurz umarmen.«

»Sie haben sie nicht gekannt. Sie war rein. Sie war von einer naiven, sicheren Unschuld. Und ich habe diese Unschuld zerstört.« Er ballte die Hände zwischen den Knien zu Fäusten.

»Bilden Sie sich das nicht bloß ein? Vielleicht hat sie Ihre Umarmung gefreut. Sie hat sich nach zehn Sekunden abgewandt, geschehen ist nichts.«

»Nein, ich habe sie versehrt mit meiner männlichen Attacke.«

»Versehrt?«

»Ja. Dieses Wort ist das Gegenteil von unversehrt. So ist sie gewesen, unversehrt und sicher. Bis ich sie angegriffen habe. Deshalb hat sie sterben müssen.«

Vorsicht, alter Mann! Der war am Durchdrehen, der suchte Hilfe, indem er die Wahrheit preisgab.

»Wie denn? Wer hat sie umgebracht?«

»Das weiß ich nicht. Ich sage Ihnen bloß, was ich genau weiß.«

»Wer könnte es gewesen sein?«

»Ich weiß, dass sie einen Winkeladvokaten an der Hand hatte, der ihr helfen sollte, die Kinder aus der Türkei herzuholen.«

»Beat Spälti, nicht wahr?«

»Ja. Sie hat mir alles erzählt. Sie hat sich vor diesem Mann gefürchtet. Ihrem Ehemann konnte sie nichts erzählen davon, der hätte ihr den Kontakt sofort verboten. Aber sie wollte ihre Kinder bei sich haben. Und das war ihrer Meinung nach nur über diesen Spälti möglich. Er hat versucht, sie zu erpressen. Er hat sie zur Liebe zwingen wollen.«

»Und? Hat sie der Erpressung nachgegeben?«

»Das weiß ich nicht. Aber ich kann mir nicht vorstellen, dass sie sich zu diesem verkommenen Subjekt ins Bett gelegt haben soll.«

»Vielleicht hat sie es getan, aus Liebe zu ihren Kindern?«

»Hören Sie auf«, schrie Stampfli, seine Faust hämmerte auf den Tisch.

»Sie meinen also, Sie hätten die Unschuld von Frau Aydin zerstört. Sie hätte sich erst nach dieser Zerstörung dem Werben des Herrn Spälti ergeben können?«

Stampfli riss ein Taschentuch hervor und drückte es sich gegen die Augen. Er nickte.

»Hören Sie mal«, sagte Hunkeler. »Ich glaube nicht, dass Sie verantwortlich waren für die junge Frau. Vermutlich hat sie sich auch ohne Ihre Hilfe zu helfen gewusst.«

»Nein. Ich habe sie zerstört. Ich bin froh, dass ich Ihnen das habe mitteilen können. Ich nehme die Schuld auf mich. Ich nehme aber an, das wird keine juristischen Konsequenzen haben, nicht wahr?«

»Nein. Hingegen sollten Sie nicht so größenwahnsinnig sein, junger Mann.«

»Wie meinen Sie das?«

»Ich meine, dass Sie nicht alles wissen. Sie wissen bloß, dass Sie verliebt waren in sie. Das ist nicht sehr viel.«

Stampfli hatte sich wieder gefasst. »Es könnte Herr Aydin gewesen sein«, meinte er. »Aus Eifersucht wegen Herrn Spälti.«

»Könnte es sein, dass Herr Aydin etwas mit Drogenhandel zu tun gehabt hat?«

»Nein. Herr Aydin war die Biederkeit in Person. Sie hätte ihn verachtet, hätte er mit Drogen gehandelt.«

»Warum hat das mit den Kindern eigentlich nicht geklappt?«

»Ich vermute, dass Spälti ihr falsche Versprechungen gemacht hat. Vielleicht hat sich die türkische Botschaft quergelegt. Oder ihre Schwiegermutter in Konya. Jedenfalls ist sie während unserer letzten Stunden tieftraurig gewesen. Ich meine, der Glanz hat gefehlt in ihrem Gesicht, die Lebensfreude.«

»Das könnte allerdings auch wegen Ihrer erotischen Attacke gewesen sein, nicht wahr?«

»Hören Sie auf, ich flehe Sie an. Ich muss allein damit fertig werden.«

Er saß starr da, ziemlich arrogant plötzlich, fand Hunkeler.

»Ich habe Ihnen gesagt, was ich weiß. Jetzt muss ich Sie bitten zu gehen. Die Sache greift mich zu sehr an.«

»Ich bedanke mich höflich«, sagte Hunkeler und ging hinaus.

Er setzte sich ins Auto und fuhr Richtung Grenze. Erst durch Allschwil, das Wohn- und Schlafdorf, das an diesem Sonntagnachmittag trostlos im Nebel lag, der sich über das Land gelegt hatte. Er kurvte den Hügel hinan auf die Hochebene, an Kirsch- und Nussbäumen vorbei, deren Laub im nassen Gras vermoderte. November, dachte er, Tod und Verderben für alles, was schnauft.

Er stellte das Autoradio an, um die Wetterprognose zu hören. Hochnebel über Mittelland und Nordostschweiz. Obergrenze bei tausend Metern, darüber sonniges Herbstwetter.

Die Grenze war unbewacht, er rollte hinüber. Er spürte den Rücken, der sich verkrampft hatte, er fühlte sich verbraucht. Neuwiller schien verlassen zu sein. Alte, vergammelte Bauernhöfe, die meisten Ställe leer, da die Bewohner in Basel arbeiteten.

Die Wirtschaft von Luc Borer mit dem Vorplatz unter Kastanienbäumen, wo in der warmen Jahreszeit Basels Ausflügler Münsterkäse aßen und Edelzwicker tranken. Die Abzweigung zum Thermalbad, an einer Viehweide vorbei, auf der schmutzige Kühe standen. Er parkte vor der Baracke, die Neuwillers Männer in Fronarbeit errichtet hatten, ging den Kiesweg hoch, bezahlte und zog sich aus. Er ließ sich ins warme Wasser gleiten, legte den Kopf auf den Bassinrand, überlegte.

War es möglich, dass Fritz Stampfli die Frau umgebracht hatte? Was war dieser Stampfli überhaupt für ein Mensch? Ein kritischer Zeitgenosse, gewiß, politisch vorbildlich korrekt, der stets nach einer Entschuldigung suchen musste, wenn er sich etwas Gutes gönnte. Einer, der wusste, was recht und unrecht war, der an der Gesellschaft litt, weil sie ungerecht war. Einer, der sich an den Rändern aufhielt und mit wenig Geld auskam, da er noch keine Verantwortung für andere Menschen übernommen hatte. Und einer, der sich vor allem mit sich selbst beschäftigte.

Dass er sich verliebt hatte in Aische Aydin in der Intimität der Privatstunden, war nichts als normal. Dass er sie eines Tages umarmt hatte, war ein Fehler gewesen, aber entschuldbar. Und bestimmt hatte er nicht insistiert, als sie sich abgewandt hatte. Aber brutale Gewalt? Dazu wäre er mit Sicherheit nicht fähig gewesen, weil ihm die Leidenschaft fehlte.

Und Beat Spälti, der heruntergekommene, einstmals noble Herr? Hatte er sie wirklich erpressen wollen? Hatte er zugeschlagen, als sie nicht darauf eingegangen war?

Das war möglich. Leidenschaft jedenfalls hatte der alte Mann, auch wenn man ihm dies nicht ohne weiteres zugetraut hätte. Aber Hunkeler kannte sich aus. Dieser Herr war keine Attrappe, in ihm brannte Feuer, auch wenn er es sorgsam zu verstecken suchte.

Was hatte er noch vom Leben, er, der todgeweihte, der bald seine Stimme verlieren würde? Hatte er sich an die junge Frau herangemacht, mit schmutzigen Mitteln, aber entschlossen? Hatte er mit letzter Kraft noch einmal versucht, ein Stück Leben zwischen seine Arme zu kriegen?

Oder war es doch Herr Aydin gewesen? Ein Eifersuchtsdrama, weil er seine Frau bei Untreue erwischt hatte? Aber mit wem hätte sie untreu sein sollen? Nicht mit Stampfli, und vermutlich auch nicht mit Spälti. Hatte der Ehemann aus bloßem, unbegründetem Verdacht getötet?

Hunkeler schloss die Augen, spürte die Wärme des Wassers an seinem Leib. Er bewegte langsam die Füße, als wären es Flossen gewesen. Er hörte den Frauen zu, die links neben ihm lagen, mit roten Gesichtern, Gummiblumen auf dem Haar. Sie redeten von einem Zimmermann, der gegen siebzig war und von einem Dachstuhl gefallen war. Dabei hatte er sich das linke Bein gebrochen. Warum denn war er heruntergefallen? Hatte er zu viel Weißwein getrunken gehabt, oder war er wegen der Nässe ausgeglitten?

Um diese Frage drehte sich das Gespräch.

Fast wäre Hunkeler eingeschlafen, so wohl war ihm plötzlich. Er öffnete die Augen und schaute durch die angelaufene Scheibe auf den verkrüppelten Apfelbaum hinaus.

Er drehte sich auf den Bauch, rollte sich zusammen und tauchte ab. Nach einer Weile spürte er, wie sein Nacken langsam auftauchte, dann der Rücken, emporgehoben von der Luftblase im Brustkorb.

Er hob den Kopf aus dem Wasser und schaute sich um.

Vor ihm lag eine Elsässerin im Wasser, mit Korallenringen in den Ohrläppchen. Sie musste über siebzig sein, sie lag gern hier. Aufmunternd schaute sie ihn an, sichtlich gespannt auf Meinungsaustausch.

»Alors, jeune homme«, sagte sie, »on plonge? Mir taucht?«

»Oui, Madame«, sagte Hunkeler. »Ich kehre zu meinem Ursprung zurück.«

Am Abend ging er in die Neue Brücke und setzte sich an den Stammtisch. Die üblichen Gäste waren da. Niemand nahm mehr groß Notiz von ihm, außer dem schmalen Freddy, der ihn aus fiebrigen Augen anstarrte.

»Und, wie gehen die Geschäfte?«, fragte Hunkeler munter.

»Ich mache keine Geschäfte«, sagte Freddy, »ich lebe im Moment auf der Flucht.«

»Du hättest das Messer liegenlassen sollen. Es war ein Fehler, es mitzunehmen.«

»Warum soll es ein Fehler gewesen sein?«

»Weil ich morgen auf den Lohnhof gehen und alles erzählen werde. Sie haben es bei mir zu Hause im Tiefkühlfach gefunden.«

Freddy überlegte angestrengt. Seine linke Hand, die auf dem Tisch lag, zuckte. Er nahm sie weg.

»Lassen sie mich deshalb braten?«

»Keine Ahnung.«

»Von was redet ihr eigentlich?«, fragte Pedro. »Was soll das für ein Messer sein?«

»Ein Gespräch unter Kollegen«, sagte Hunkeler. »Wir reden in einem bestimmten Code.«

»Kollegen? Seit wann gibst du dich mit solchem Ausschuss ab?«

»Wir haben ein Geheimnis zusammen. Er sagt mir die Wahrheit, und ich beschütze ihn.«

»Wovor? Der hockt doch nur noch in den Beizen herum, 24 Stunden rund um die Uhr. Trinkt nichts als Minzentee. Der kann sich kaum mehr auf den Beinen halten, wenn er das Lokal wechseln will.«

Der schmale Freddy zitterte. Er schlotterte, als ob die Kälte von ihm Besitz ergriffen hätte. Links unter der mageren Schulter war deutlich eine Ausbuchtung zu sehen.

»Du wirst doch nicht deine Pistole mit dir herumtragen«, sagte Hunkeler. »Das nützt nichts.«

»Was nützt denn etwas?«

»Komm zu mir heim. Bei mir kannst du schlafen, essen und fernsehen, und es geschieht dir nichts.«

»Nein, das geht nicht.«

»Warum nicht?«

»Das kann ich nicht sagen.«

»Bist du wahnsinnig?«, schrie Hunkeler. »Weißt du, mit wem du es zu tun hast?«

Der schmale Freddy erhob sich, nahm mit zitternder Hand das Teeglas vom Tisch und ging nach hinten in die Ecke, wo er sich auf einen freien Stuhl setzte.

»Was ist eigentlich los?«, fragte Rolf Herzog. »Der spinnt richtig, der Freddy. Hat er etwas mit Theo Ruf zu tun gehabt?«

»Ich weiß es nicht«, sagte Hunkeler. »Und wenn ich es wüsste, dürfte ich es nicht sagen.«

»Also doch. Ich habe es mir gedacht. Der ist hinter dem Stoff her.«

»Er ist in Gefahr«, sagte Hunkeler. »Es wäre gut, wenn ihr ihn nicht aus den Augen ließet.«

»Der? Der hilft niemandem. Der schaut nur für sich.«

»Ich werde ein Auge auf ihn haben«, sagte Heinz Grossenbacher. »So gut ich kann. Warum nehmt ihr ihn nicht herein?«

»Weil sie nicht wollen. Und weil auch er nicht will.«

»Meinetwegen«, meinte Pedro, »kann er mit mir auf die Damentoilette des Heuwaage-Parkhauses kommen. Aber das ist dem feinen Herrn wohl zu wenig komfortabel.«

Er grinste hässig, er mochte den schmalen Freddy nicht.

»Was ist mit Spälti? Hat er sich gezeigt heute Abend?«

»Er liegt im Krankenhaus«, sagte Pedro. »Als Notfall, er wurde mit Blaulicht hingefahren.«

»Ist er operiert worden?«

»Das weiß ich nicht. Jedenfalls ist er am Ersticken gewesen.«

»Geschieht ihm recht«, sagte Heinz. »Er ist ein Schwein.«

»Warum ein Schwein?«

Verlegenes Schweigen. Die Runde schaute betreten auf die Tischplatte, auf Aschenbecher und Gläser.

»Traurig«, sagte Pedro, »dass er so enden muss. Immerhin ist er ein gebildeter Mann.«

»Hat er eigentlich nur Rotwein getrunken«, fragte Hunkeler, »oder auch Whisky?«

»Rotwein, von der billigen Sorte. Whisky war ihm zu teuer.«

»Aber er hat Kunden gehabt und ist bezahlt worden.«

»Manchmal hat er auch gratis gearbeitet. Aus Nächstenliebe.«

Hunkeler schenkte sich Bier ein. »Warum will mir eigentlich niemand die Wahrheit sagen?«

»Was für eine Wahrheit?«, fragte Pedro. »Die Wahrheit ist die, dass ich für heute Nacht eine Schlafgelegenheit suche. Weißt du eine?«

»Nein«, sagte Hunkeler.

Am Montag, dem 28. November, betrat Hunkeler gegen zehn den Lohnhof. Er hatte traumlos geschlafen, das Baden im Thermalwasser hatte ihn entspannt. Er hatte sich Tee aufgegossen und Dosenmilch dazugetan, weil keine frische mehr da gewesen war. Er hatte ein sauberes Hemd angezogen und sich gekämmt. Er hatte kurz auf den leeren Baum im Hinterhof geschaut, auf den Nebel, der zwischen den Häusern hing. Dann hatte er sich auf den Weg gemacht.

In Madörins Büro saßen der Detektivwachtmeister, Lüdi und Haller. Auf dem Tisch lag neben dem Amulett das Messer mit Perlmuttgriff. Zwei Sirupflaschen standen da, halbleere Pappbecher.

»Ich rede erst«, sagte Hunkeler, »wenn Suter da ist.«

Er wartete. Niemand regte sich. Er klopfte eine Zigarette aus der Schachtel, nahm einen Zug. Dann drückte er sie aus.

Endlich erhob sich Haller und ging hinaus. Madörin hustete. Es schüttelte ihn durch, er keuchte, rang nach Atem. Er trank einen Schluck Sirup, spülte mit Kaffee nach und warf den Becher neben den Mülleimer.

Dann ging die Tür auf. Suter kam herein, hinter ihm Haller. Der Staatsanwalt mit bleichem Gesicht, sichtlich mitgenommen von einem schwierigen Wochenende. Er stellte sich ans Fenster, kratzte sich am Hals. Er drehte sich um.

»Wie stellen Sie sich das vor, Herr Kriminalkommissär Hunkeler? Was Sie getan haben, das ist Verrat. Ich habe nicht schlafen können die letzten zwei Nächte. So etwas ist im Basler Kriko noch nie vorgekommen. Ich muss wohl nicht betonen, dass ich grenzenlos enttäuscht bin. Trotzdem werden wir uns bemühen, Ihren Abgang möglichst ohne Aufsehen zu gestalten. Unser aller Ehre steht hier auf dem Spiel.«

Er weinte fast, ein geknickter Mann.

»Ich habe das Recht, mich zu wehren«, sagte Hunkeler. »Jedenfalls verlange ich dieses Recht.«

»Wie wollen Sie sich wehren? Sie haben ein wichtiges Beweisstück unterschlagen. Das schleckt keine Geiß weg, wenn ich so sagen darf.«

»Das Amulett ist aus Mali«, sagte Hunkeler. »Fritz Stampfli hat es mitgebracht und Frau Aydin geschenkt. Das habe ich immerhin herausgefunden.«

»Wer ist denn das?«

»Fritz Stampfli«, sagte Lüdi, »ist ein Reiseleiter, der bei Frau Aydin Türkisch gelernt hat.«

»Ach so? Dann ist er der Mörder?«

»Nein«, sagte Hunkeler. »Er hat sich zwar verliebt in sie, aber er hat sie nicht umgebracht.«

»Woher wissen Sie das?«

»Er hat es mir gesagt.«

»Und warum haben wir das nicht gewusst?«

»Weil es unwichtig ist«, meinte Madörin giftig. »Das Amulett würde uns auf ein Nebengeleise führen. Es ist in keiner Weise relevant.«

Suter dachte nach. Wieder kratzte er sich am Hals, als wäre ihm der Kragen zu eng gewesen.

»Weiter«, befahl er.

»Ich habe das Messer nicht aus Theo Rufs Wohnung entwendet«, sagte Hunkeler.

»Wie bitte? Sie leugnen?«

»Nein, ich sage die Wahrheit, weil mir nur noch die

Wahrheit helfen kann. Ich habe das Messer im Hinterhof der Neuen Brücke in einem Mülleimer gefunden. Der schmale Freddy hat es dort versteckt, als ihm die Sache zu heiß wurde. Er hat das Messer aus Rufs Wohnung entwendet.«

»Warum, wenn ich fragen darf?«

»Das weiß ich nicht.«

»Und warum haben Sie das Messer nicht hergebracht, nachdem Sie es im Mülleimer gefunden hatten? Falls diese Geschichte überhaupt stimmt?«

»Das kann ich mit bestem Willen nicht genau sagen. Vielleicht, weil es zu spät war. Weil mir niemand die Geschichte vom Mülleimer geglaubt hätte.«

»Und jetzt soll ich Ihnen glauben?«

»Ich bitte darum.«

Suter kam an den Tisch, setzte sich und schaute ihn aus klaren, blauen, traurigen Augen an.

»Ich verstehe Sie nicht. Sie sind doch sonst ein besonnener Mann. Wenn Sie die Entwendung zugeben, helfen wir Ihnen, dass Sie die Ehre nicht verlieren.«

»Ich gebe keine Entwendung zu, bloß eine Unterschlagung. Und es geht mir nicht um die Ehre. Es geht mir um die Wahrheit.«

»Wahrheit?«, krähte Suter. »Was verstehen Sie unter Wahrheit? Ihren verderblichen Ehrgeiz vielleicht? Jetzt ist sogar der türkische Botschafter bei der Basler Regierung vorstellig geworden. Er verlangt Aufklärung des Falles Aydin. Zudem hat Herr Türkoglu der *Basler Zeitung* ein Interview gegeben und behauptet, wir hätten den Fall verschlampt. Lesen Sie keine Zeitung?«

»Doch. Aber der türkische Botschafter hat recht«, sagte Hunkeler. »Ich an seiner Stelle würde genauso handeln.«

»Du hast mich beklaut«, meinte Madörin giftig. »Wie soll ich den Fall lösen, wenn du dauernd querschießt?«

»Ich rede nicht mir dir, ich rede mit meinem Vorgesetzten.«

Er wandte sich zu Suter. Er mochte diesen Mann plötzlich ein bisschen. »Es ist eine Frau von türkischer Nationalität umgebracht worden, hier in Basel, wo wir Polizisten sind. Von wem, weiß niemand. Drei Tage später hat sich ihr Mann in Untersuchungshaft erhängt. Es ist nur logisch, dass sich der Botschafter erkundigt, wer denn der Täter sein könnte.«

»Es gibt nicht nur die beiden türkischen Toten«, sagte Suter, »es gibt auch den toten Theo Ruf, es gibt die zwei Kilo Heroin, und es gibt das Messer des Jean Charles Gerroni, das wir bis vor kurzem nicht zu Gesicht bekommen haben, weil Sie es in Ihrem Tiefkühlfach eineisen wollten.«

»Es wird weitere Tote geben, wenn weiterhin so idiotisch recherchiert wird.«

Madörin sprang auf, schmiss den Stuhl um.

»Muss ich mir das gefallen lassen, Herr Staatsanwalt? Muss ich mich dauernd beleidigen lassen von diesem Kerl?«

»Ruhe«, krähte Suter. »So geht es nicht. Denken Sie bitte daran, auch ich bin mit meinen Nerven am Ende.«

»Ich denke«, sagte Haller und stieß weißen Rauch aus, »Hunkeler hat richtig gehandelt. Er hat herausgefunden, von wem das Amulett stammt. Und er hat das Messer beigebracht.«

Madörins Faust knallte auf den Tisch.

»Woher kommt dann das Heroin?«

Hunkeler lehnte sich zurück, versuchte sich zu entspannen. Es ging ganz gut, er war auf dem richtigen Weg.

»Wieso habt ihr eigentlich den schmalen Freddy angeheuert?«, fragte er gelassen. »Und wenn ihr ihn schon angeheuert habt, wieso überwacht ihr ihn nicht besser?«

»Sie meinen also, er sei in Gefahr?«

Hunkeler nickte.

»Vielleicht spielt er sogar ein doppeltes Spiel. Er pokert zu hoch.«

»Wie kommen Sie zu dieser abstrusen Meinung?«, fragte Suter angewidert.

»Der schmale Freddy muss geschützt werden, unbedingt«, sagte Hunkeler. »Rund um die Uhr. Weil er zu viel weiß. Ich hätte ihn gern mit nach Hause genommen. Er wollte nicht. Man muss ihm den Schutz aufzwingen. Man muss ihn zum Reden bringen. Er ist die Spur zum Heroin.«

Madörin hob den Stuhl vom Boden auf, stellte ihn ordentlich hin, setzte sich.

»Ich frage mich, woher du deine verdammte Arroganz nimmst, das alles zu behaupten, aus dem Blauen heraus.«

»Ich habe mit ihm geredet, und er mit mir. Ich kenne ihn. Ich kenne auch die andern Leute um ihn herum. Und ich mache mir Gedanken, solange ich im Amt bin.«

»Haben Sie eine Idee«, sagte Suter, sichtlich angeekelt, »wer das Heroin vergraben haben könnte?«

»Wieso fragen Sie ihn«, giftete Madörin, »und nicht mich?«

Diese Frage überging Suter.

»Haben Sie eine Idee?«

»Es gibt vier mir bekannte Möglichkeiten. Vielleicht sind es mehr. Aber ich kenne sie nicht. Erstens: Ali Aydin. Zweitens: Fazil Sengün. Drittens: Alfred Woodtli. Viertens: Theo Ruf.«

»Warum Alfred Woodtli?«, schrie Madörin. »Er ist mein Vertrauensmann.«

»Stimmt. Deshalb lässt du ihn braten, nicht wahr? Meiner Meinung nach sind es zwei kriminelle Felder. Das eine ist der Drogenhandel. Das andere ist der Fall Aische Aydin. Diese Frau interessiert mich. Ich bin der Meinung, die beiden Felder berühren sich nur zufällig. Ich will den Mord an Frau Aydin aufklären. Und für diese Aufklärung werde ich mir erlauben, eine eigene Spur zu verfolgen.«

Suters Griff an den Hals, er japste nach Luft. Dies war offensichtlich einer der wenigen Momente in seiner Karriere, in dem er nicht wusste, was sagen.

Madörin hustete, trank Sirup, würgte ihn hinunter. »Ich leite die Untersuchung dieses Falles«, sagte er. »Und dies ist ein schwerwiegender Fall. Ich lasse ihn mir nicht von einem senilen Querkopf kaputtmachen. Ich verlange, dass er vom Dienst suspendiert wird, und zwar mit sofortiger Wirkung.«

»Du bist und bleibst ein Unterhund«, sagte Hunkeler gelassen.

Madörin wartete, was geschehen würde. Als nichts geschah, erhob er sich, nahm die beiden Sirupflaschen und ging hinaus.

Staatsanwalt Suter litt. In der Tat war eine Spur von Schweiß zu sehen an seinen Schläfen.

»Was nun?«, fragte er.

Haller zog seinen Tabaksbeutel heraus, stopfte umständlich die Pfeife. Er riss ein Streichholz an, hielt es an den Tabak, stieß weißen Rauch aus.

»Ich denke«, sagte er, »Hunkeler sollte weiterhin im Amt bleiben.«

»Und Sie?«, fragte Suter.

Lüdi schwieg. Er war es nicht gewohnt, klare Antworten zu geben.

»Was soll das eigentlich? Soll das eine Vertrauensfrage sein?«

»Ich will wissen«, sagte Suter, »ob Sie sich vorstellen können, weiterhin mit Kommissär Hunkeler zusammenzuarbeiten.«

Lüdi nickte.

»Gut, meinetwegen. Ich behalte Sie im Amt. Aber bitte keine Illoyalität mehr. Und lösen Sie endlich diesen verdammten Fall Aydin.«

Hunkeler aß im Restaurant Kunsthalle zu Mittag, im weiß gedeckten Teil, zusammen mit Freunden. Zwei Werber saßen da, die er schon seit Jahrzehnten kannte, ein pensionierter Arzt, der nichts anzufangen wusste mit der vielen Zeit, die er plötzlich hatte. Honorige, anständige Herren von einigem Wohlstand, und er, Hunkeler, gehörte dazu. Niemand hatte ihn angeschrien außer Madörin, der Kläffer. Niemand hatte ihn mit Schimpf und Schande davongejagt. Im Gegenteil, Suter steckte so tief in Schwierigkeiten, dass er ihn angefleht hatte, den Fall zu lösen. Das würde Hunkeler tun, da war er sich sicher. Er wusste nur noch nicht genau, wie.

Er aß mit Vergnügen den Tagesteller, den er bestellt hatte. Kaninchenragout mit Risotto, Karotten und Salat. Dazu trank er ein Glas vom französischen Rotwein, den die Kollegen bestellt hatten. Es schmeckte ihm gut, er hörte entspannt dem Gespräch zu, das sich um den lokalen Fußballclub drehte.

Ein wunderschönes Lokal, dachte er, der meterhohe Blumenstrauß in der Mitte, die hohen Fenster gegen Süden, hinter denen der Nebel hing, das großflächige, farbenfrohe Bild an der Wand. Eine gute Stadt eigentlich, dieses Basel, auch wenn der großbürgerliche Filz Figuren wie Staatsanwalt Suter, die unfähig waren, in die Machtpositionen hievte. Aber besser eine kleine, überschaubare Stadt als ein gigantisches Babel, wo niemand mehr miteinander reden konnte.

Nach dem Essen fuhr er an die Murbacherstraße und betrat die Werkstatt von Giovanni Nardi. Der war ein rund vierzigjähriger Mann mit Glatze und lebhaften Augen. Er war daran, das Tretlager eines alten englischen Rades zu öffnen.

»Eine gute Arbeit«, sagte Hunkeler, als er sich vorgestellt hatte. »Sie reparieren etwas, und dann ist es wieder wie neu.«

»Stimmt«, sagte Nardi. »Diese Velos halten für zwei, drei Generationen, wenn man sie pflegt. Warum kommen Sie zu mir?«

»Ich nehme an, es ist schon jemand von der Polizei bei Ihnen gewesen.«

Nardi kniff die Augen zusammen und holte die abgewetzten Kugeln des Lagers heraus.

»Sehen Sie«, sagte er, »die drehen nicht mehr rund. Es müssen neue Kugeln eingesetzt werden.«

Er überlegte, dann schüttelte er den Kopf.

»Nein, es war niemand da. Was mich übrigens erstaunt hat.«

»Warum hat Sie das erstaunt?«

»Weil ich ziemlich viel mitbekommen habe.«

»Warum, denken Sie, hat Sie niemand gefragt?«

»Was weiß ich. Vielleicht, weil ich Italiener bin. Ich lebe zwar schon über zwanzig Jahre hier. Aber ich bin eben noch immer ein fremder Fötzel.«

Hunkeler betrachtete den Raum. Viel Stahl, harte, gute Ware. Schraubenschlüssel, Zangen, Hämmer. Alte Räder standen dichtgedrängt an der Wand, mit rostigen, ausgehängten Ketten und platten Reifen.

»Sie kaufen sie billig, nicht wahr, und wenn sie wie neu sind, verkaufen Sie sie teuer.«

»Teuer nicht. Ich verlange so viel, dass ich meinen Verdienst habe. Jetzt im November kauft niemand ein Rad. Im Frühjahr gehen sie weg wie warme Semmeln.«

Draußen fuhr ein Auto vor, Typ Luxusklasse. Ein korrekt gekleideter Herr stieg aus, ging zu einer Haustür und klingelte. Die Tür sprang auf, der Mann trat ein. Es war das Haus, in dem das Ehepaar Aydin gewohnt hatte.

»Was haben Sie denn an jenem 8. November gesehen?«

»Ich arbeite stets mit dem Blick zur Straße hin, damit ich mehr Licht habe. Ich sehe also, wer ein- und ausgeht in jenem Haus. Ich sehe das, ohne dass ich will.«

»Es war ein Dienstag«, sagte Hunkeler. »Um den Mittag herum. Es würde mich interessieren, wer zu jener Zeit ein- und ausgegangen ist.«

»Es ist mir erst nachträglich aufgefallen. Nachdem ich gehört hatte, dass die arme Frau erschlagen worden war. Es ist kurz vor Mittag ein Herr hineingegangen.«

»Wie sah er aus?«

»Ich habe nicht groß drauf geachtet. Es lag Nebel in der Straße. Er war nur schlecht zu sehen.«

»Ich bitte Sie, sich möglichst genau zu erinnern.«

»Ich bin in die Wohnung hinaufgegangen zu meiner Frau und habe gegessen. Um ein Uhr bin ich wieder hinunterge- gangen und habe weitergearbeitet. Nach einer halben Stun- de ist der Mann herausgekommen und Richtung Vogesen- straße gehumpelt.«

»Gehumpelt?«

»Wie soll ich sagen? Er hatte einen seltsamen Gang.«

»Hat er eine Pfeife im Mund gehabt?«

»Nein, das hat er nicht. Aber er hat eine Flasche in der Hand gehabt.«

»Was für eine Flasche?«

»Sie sah aus wie eine Schnapsflasche mit dickem, dunk- lem Glas. Das ist mir aufgefallen. Denn der Mann hat einen Augenblick lang nicht recht gewusst, ob er sie wegwerfen sollte. Er hat gezögert. Dann hat er sie mit dem Taschen- tuch abgewischt und in die Tasche seines Regenmantels ge- steckt.«

»War er alt, war er jung?«

»Schwer zu sagen. Er trug einen Hut. Ich würde ihn je- denfalls nicht wiedererkennen.«

»Könnte es sein, dass er türkischer Herkunft gewesen ist?«

»Das weiß ich nicht. Wieso fragen Sie das? Es kann ohne weiteres auch ein Schweizer gewesen sein, der sie umgebracht hat.«

»Sie sind also überzeugt, den Mörder gesehen zu haben.«

Nardi nickte. Er wischte sich die Hände am Overall sauber, trat zum Lavabo, wo eine Espressomaschine stand. Er stellte zwei Tassen hin, drückte einen Knopf, die Maschine begann zu arbeiten.

»Sie trinken auch einen, nehme ich an?«

»Ja, sehr gern.«

Sie schauten zu, wie der Kaffee herausrann.

»Ich habe gehört, dass die Frau über Mittag ermordet worden ist. Ich finde diesen Mord übrigens eine unglaubliche Schweinerei. Man erschlägt doch keine Frau.«

Er löffelte Zucker in die Tassen, sie tranken.

»Haben Sie Herrn Aydin gekannt?«, fragte Hunkeler.

»Nur flüchtig, vom Sehen. Der ist es nicht gewesen, der war zu gehetzt.«

»Gehetzt? Wie meinen Sie das?«

»Herr Aydin muss sehr viel gearbeitet haben. Überstunden, meine ich. Er ist immer schnell gegangen. Er ist beinahe gerannt, wenn er heimgekommen ist.«

»Über Mittag?«

»Nein, über Mittag nie.«

Hunkeler griff sich eine Zigarette und steckte sie sich zwischen die Lippen.

»Wollen Sie Feuer haben?«, fragte Nardi.

»Nein danke. Es ist bloß eine alte Gewohnheit.«

Er nahm die Zigarette aus dem Mund und zertrat sie.

»Können Sie sich vorstellen, dass Herr Aydin etwas mit Drogenhandel zu tun gehabt hat?«

Nardi stellte die leeren Tassen ins Lavabo.

»Was weiß ich? Wer kennt sich da schon aus?«

»Scheint es Ihnen möglich oder unmöglich zu sein?«

»Möglich ist alles. Wer möchte nicht gern Geld verdienen? Ein paarmal habe ich fremde Herren das Haus betreten sehen. Vielleicht haben sie Herrn Aydin besucht, vielleicht auch Herrn Sengün.«

»Wann war das?«

»Das war immer abends um zehn. Ich habe die Herren gesehen, weil ich im Sommer wegen der großen Nachfrage nach Rädern jeweils bis Mitternacht arbeite.«

»Sind diese Herren allein zu Besuch gekommen oder zu zweit?«

»Meist zu zweit.«

»Haben sie etwas bei sich gehabt? Koffer zum Beispiel?«

»Aktenmappen und Taschen.«

»Und wenn sie das Haus wieder verließen, haben sie diese Taschen immer noch bei sich gehabt?«

»Nein, nicht immer. Ich bin mir da nicht ganz sicher. Verlassen Sie sich bitte nicht auf meine Aussage. Es können auch Leute der Botschaft gewesen sein. Herr Aydin hat doch versucht, die Kinder herzuholen.«

»Woher wissen Sie das?«

»In diesem Quartier erfährt man alles.«

Nardi machte sich wieder an die Arbeit, fügte das neue Tretlager ein. Die Haustür gegenüber öffnete sich, der

Mann erschien, in Begleitung von Fazil Sengün. Der trug einen großen Koffer.

»Vielen Dank«, sagte Hunkeler und ging schnell hinaus.

Er trat zu den beiden Männern, die eben ins Auto steigen wollten, und stellte sich vor.

»Sie sind wohl Herr Türkoglu, nicht wahr?«, fragte er.

»Ja, der bin ich. Sie wünschen?«

Er war ein junger Mann mit Brille und sehr kurzem Haar.

»Ich bitte um ein kurzes Gespräch.«

»Das geht leider nicht. Ich fahre Herrn Sengün zum Flughafen. Er fliegt in einer Stunde nach Ankara.«

»Darf ich mitfahren?«

»Bitte.«

Türkoglu öffnete die hintere Tür. Hunkeler stieg ein, der Wagen rollte an. Die beiden Männer wechselten ein paar Worte auf Türkisch. Fazil Sengün schien sich wohl zu fühlen, als wäre er unterwegs zu einer Urlaubsreise.

Hunkeler zog sein Handy aus der Tasche und stellte eine Nummer ein. Es meldete sich Madörin.

»Hör mal«, sagte Hunkeler. »Fazil Sengün fährt zum Flughafen hinaus. Er fliegt nach Ankara.«

»Und? Warum sollte er das nicht tun?«

»Weil wir ihn hierbehalten müssen. Er muss uns sagen, was er weiß.«

»Du kannst mich mal«, sagte Madörin, »und zwar kreuzweise.«

Er unterbrach.

»Wollen Sie den Abflug von Herrn Sengün verhindern?«, fragte Türkoglu, der am Steuer saß.

»Das würde ich gerne tun, ja. Aber ich kann es nicht.«

»Ich muss meinen Landsmann in Sicherheit bringen. Es ist ein Mörder in dieser Stadt. Ich weiß, dass Sie seinen Namen kennen. Meine beiden Kollegen haben ihn unvorsichtigerweise genannt.«

»Jean Charles Gerroni, ja. Aber in dieser Stadt ist die Basler Polizei für die Sicherheit verantwortlich, nicht die türkische Botschaft.«

Sie erreichten die Flughafenstraße. Der Mann am Steuer steigerte auf 120 Stundenkilometer. »Wir haben zwei Opfer zu beklagen«, sagte er. »Wir wollen kein drittes Opfer haben. Sondern wir wollen wissen, wer Frau Aydin umgebracht hat.«

»Das will ich auch wissen. Ich werde es herausfinden, das garantiere ich Ihnen.«

Türkoglu lächelte in den Rückspiegel, ein zuvorkommender, höflicher Mann.

»Sie wollen, dass ich das glaube?«

»Ich bitte Sie darum.«

»Ich bin im Hotel Drei Könige erreichbar, wenn Sie mich suchen.«

Er riss das Steuerrad herum, überholte mit quietschenden Reifen ein Taxi, fluchte auf Türkisch.

»Wie steht es eigentlich mit dem Heroin?«, fragte Hunkeler. »Warum haben die beiden Beamten davon gewusst?«

»Die Mafia sitzt in Istanbul. Sie sitzt in Izmir, und sie sitzt in Basel. Ihre Kanäle sind dunkel. Es ist ein schmutziges Geschäft, das viele Tote fordert. Ich bin der Meinung gewesen, die Schweiz sei eine Insel der Sicherheit und des Friedens. Ich habe erfahren, dass es nicht so ist.«

»Kennen Sie diese Kanäle?«

»Nein. Aber ich arbeite daran. Mit Herrn Suter und Herrn Madörin arbeite ich übrigens nicht gern zusammen. Die sind nicht ohne gewisse Vorurteile, wenn Sie wissen, was ich meine.«

Hunkeler nickte, er wusste, was er meinte.

Der Wagen kurvte auf den Parkplatz der Abflughalle, hielt an.

Die drei Männer stiegen aus.

»Es hat mich gefreut, Sie kennenzulernen«, sagte Hunkeler. »Ich versichere Ihnen, dass Sie von mir hören werden.«

Der junge Mann lächelte, verbeugte sich leicht und ging mit Sengün in die Halle hinein.

Hunkeler nahm ein Taxi an die Murbacherstraße zurück. Dort stieg er in sein Auto und fuhr ins Elsass hinaus, parkte vor seinem Haus und ging hinein. Er löffelte Büchsenfleisch in den Napf für die Katzen, die hergerannt waren. Er machte Feuer im Ofen, half mit dem Blasebalg nach, bis die Scheite lichterloh brannten. Dann kroch er ins Bett und zog sich die Decke über den Kopf.

Der Fall war endgültig versiebt, das war ihm klar. Ein türkischer Geheimdienstler schaltete und waltete in Basel, wie es ihm passte. Er brachte, ohne mit der Wimper zu zucken, einen Tatzeugen außer Landes, der vielleicht sogar tatverdächtig war, sei es betreffend Mord oder Heroin. Und dies, obschon die Basler Polizei in Gestalt von Detektivwachtmeister Madörin, der die Untersuchung leitete, davon Kenntnis hatte.

Hunkeler lachte bitter. Er warf die Decke von sich, er konnte jetzt nicht schlafen. Er setzte sich auf und betrachtete die Stube, in der er war. Die eingeschalten Deckenbalken, die mit grauer Ölfarbe gestrichen waren. Den Tisch unter der Zuglampe mit dem Porzellangewicht, die man höher oder tiefer hängen konnte. Das Kanapee mit dem verschossenen Rosendessin. Die Ofenkunst in der Ecke, die braunen Kacheln. Die gehäkelten Vorhänge, die Hedwig hingehängt hatte. Dahinter nur Nebel und Stille.

Er erhob sich, trat zum Telefon und wählte Hedwigs Nummer. Sie war nicht zu Hause. Die hockt wohl wieder mit einer Freundin in irgendeinem Lokal, dachte er gehässig, trinkt Kaffee und schwatzt sich die Seele aus dem Leib. Immer wenn man eine Frau braucht, ist sie nicht da.

Jemand klopfte an die Haustür, energisch, unüberhörbar. Er legte auf und öffnete. Draußen stand die alte Zigeunerin, die mit ihrer Familie hinten am Bach in einer Baracke wohnte. Sie hatte Toilettenbürsten, Geschirrtücher und selbstgeflochtene Körbe bei sich, den üblichen Plunder.

»Ich brauche nichts«, sagte er und versuchte die Tür zu schließen. Wie immer hatte er keine Chance.

»Ich habe eine schwere Lungenentzündung«, klagte die Frau, »die Kinder haben Masern und nichts zu essen. Man verreckt fast. Wie geht's Ihrer Frau?«

»Danke, gut.«

»Lassen Sie sie grüßen. Hier, ein hübscher Korb, der kostet nur hundert Francs.«

»Ich habe genug Körbe.«

»Wollen Sie uns verhungern lassen? Auch unsere Arbeit ist ihren Lohn wert.«

»Ich kann doch nicht immer Dinge kaufen, die ich nicht brauche. Ich gebe Ihnen fünfzig Francs. Aber den Korb will ich nicht haben.«

»Beleidigen Sie mich nicht, jeune homme. Ich bin keine Bettlerin.«

»Excusez-moi, Madame«, sagte er, »ich will Sie nicht beleidigen.«

Er nahm hundert Francs aus dem Portemonnaie und gab sie ihr. Er wählte den kleinsten der Körbe aus, und sie schüttelten sich die Hand.

»Alles Gute«, sagte sie, »gute Gesundheit, auch für Ihre Frau.«

Er schaute ihr nach, wie sie mit ihrem Plunder durch den Nebel davonging. Eine starke, schöne Frau, aus einer alten Kultur. Er trat in den Stall. An der Wand rechts hingen sechzehn Körbe, einer neben dem andern, schön geflochten aus geschälten, halbierten Weidenruten. Er hängte den neuen dazu. Das schaut gut aus, dachte er, siebzehn Körbe, jeder ein kleines Kunstwerk. Im September vielleicht, wenn die Zwetschgen reif waren, würde er drei oder vier davon gebrauchen können.

Am Abend fuhr er zu Jaeck, setzte sich unter den Clown von Kurt Wiemken und aß Rehpfeffer mit Rotkohl und gebratenen Äpfeln. Dazu trank er eine halbe Flasche Beaujolais. Die Wirtschaft war fast leer, es waren nur drei Tische besetzt.

Als er fertig gegessen hatte, setzte sich Jaeck zu ihm. Er stammte aus der Vorkriegsgeneration und hieß mit Vornamen Gervais, was ihm während des Krieges Schwierig-keiten gemacht hatte. Als 1940 die Deutsche Wehrmacht das Elsass besetzt hatte, erging der Befehl, dass alle französischen Vornamen eingedeutscht werden mussten. Wer Henri geheißen hatte, hieß nun plötzlich Heinrich. Aus Roger wurde Rüdiger, aus Berthe Bertha. Für Gervais gab es indessen keine deutsche Übersetzung.

Der Vater von Gervais schaute im Lexikon nach und fand den Namen Gervatius. Also schrieb er nach Colmar, sein Sohn heiße von jetzt an Gervatius. Er bekam Bericht, Gervatius sei nicht möglich, weil lateinisch und nicht deutsch. Hingegen wäre Genoveva eine gute Möglichkeit, denn dies sei ein alter deutscher Name.

Das passte Gervais Jaeck nicht. Er war ja ein Knabe und kein Mädchen. Und man rief ihn weiterhin Gervais.

Bis der deutsche Schulmeister, der neu ins Dorf gekommen war, ihn eines Tages fragte, wie er nun eigentlich heiße. »Gervais«, sagte Gervais. »Das geht nicht«, sagte der Schulmeister. »Ab heute heißt du Hermann.«

Kurz vor Ende der deutschen Besatzung musste sich Hermann Jaeck in der Turnhalle von Hellfrantzkirch zur Musterung stellen, mit ihm die ganze männliche Jugend der umliegenden Dörfer. Absicht war, sie an die deutsche Ostfront zu schicken. Sie mussten sich alle ausziehen, standen nackt in Reih und Glied. Als der deutsche Arzt den ersten der Jungmänner untersuchte und unsanft betastete, schrie einer: »Chömet, mir gönd.« Sie sprangen durch ein Fenster und liefen splitternackt über die Wiesen in ihre Dörfer zurück. Und nach wenigen Tagen rollten die französischen Panzer heran.

Solcherlei Geschichten wusste Gervais eine Menge zu erzählen. Er tat das mit Humor. Die wirklich grässlichen Geschehnisse jener Zeit ließ er beiseite, weil er für Frieden und Völkerverständigung war.

»Wie geht's?«, fragte er, als er sich gesetzt hatte. »Hast du dich vom Nebel nicht abhalten lassen?«

»Ich bin ohnehin hier draußen, ich schlafe in meinem Haus.«

»Wie geht's mit der Arbeit?«

»Schlecht. Ich habe eines über die Rübe bekommen.«

»Aber nicht von unseren jungen Leuten, die in die Schweiz fahren, um euch die Tresore auszurauben?«

Hunkeler lächelte. Nein, die waren es nicht gewesen.

»Man muss sich ja bald schämen als Elsässer«, sagte Gervais. »Man sollte den jungen Leuten Arbeit geben, man sollte sie etwas lehren.«

»Sie können schon etwas. Sie können Körbe flechten. Nur will die niemand haben.«

»Es ist zum Verrücktwerden, wie sich alles verändert. Jetzt wollen sie im Dorf die Milchsammelstelle auflösen. Wer weiterhin Milch produziert, muss einen Kühlraum bauen, wo er die Milch aufbewahren muss, bis der Tankwagen sie abholt. Aber das ist nur Vorwand. Sie haben zu viel Milch und zu wenig Mais, um daraus Plastik herzustellen. Aber Plastik kannst du nicht fressen.«

»Sollen sie machen, was sie wollen«, sagte Hunkeler. »Ich bin ein alter Mann, mich geht das nichts mehr an.«

»Du wirst doch nicht etwa depressiv werden?«

Hunkeler schüttelte den Kopf. Nein, das wollte er nicht. Um zehn fuhr er heim in sein Haus, ließ die Katzen herein und legte sich ins Bett. Er hörte zwei Käuze rufen, mehrmals hintereinander. Die beiden Vögel schienen einander langsam entgegenzufliegen, von Baum zu Baum.

Am andern Morgen fuhr er in die Rheinebene hinunter zum Flughafen, um Zeitungen zu kaufen. Es wurden Flüge ausgerufen nach Luxor, Teneriffa und Marseille. Er betrat die Abflughalle, als wäre er Tourist, der vorhatte, der Sonne entgegenzufliegen. Er stellte sich in die Schlange, die nach Marseille eincheckte. Geschäftsleute standen da, zwei junge Liebespaare, die dauernd kicherten. Eine arabische Familie mit drei Kleinkindern und dicken Koffern.

Der vierte Mann vor ihm war ein kleiner, untersetzter Herr mit sehr breiten Schultern. Er hatte kein Handgepäck bei sich, keine Aktenmappe, nichts. Er stand reglos da, als interessiere ihn seine Umgebung überhaupt nicht.

Hunkeler wartete mehrere Minuten. Dann trat er aus der Schlange und ging nach vorn zum Schalter.

»Ist Marseille Endstation?«, fragte er, »oder fliegt die Maschine weiter nach Martinique?«

»Aber nein, Monsieur«, sagte die Frau hinter dem Schalter. »Es ist eine kleine Maschine. Sie fliegt nach Marseille.«

»Aber früher ist vom Euroairport Basel-Mulhouse ein Jumbo der Airfrance nach Martinique geflogen, der in Marseille zwischengelandet ist. Fliegt der nicht mehr?«

»Nein. Es hat an Nachfrage gefehlt.«

»So eine Schweinerei«, schimpfte Hunkeler nach bester Schweizer Art, sichtlich empört. Er sah, wie die Leute zu kichern begannen, sie fanden ihn komisch. Er sah auch, dass der kleine, breitschultrige Mann auf der linken Wange eine Narbe hatte.

Fluchend ging er dem Ausgang zu. Als er auf der Höhe des kleinen Mannes war, zog er mit einer knappen Bewegung die Pistole aus dem Halfter.

»Monsieur Jean Charles Gerroni?«, fragte er leise.

Der Mann blieb mehrere Sekunden reglos stehen. Dann drehte er den Kopf und lächelte Hunkeler an.

»Enfin«, sagte er.

Er hob sehr langsam die Hände, erst auf Hüfthöhe, dann weiter hinauf bis zur Brust.

»Vous avez gagné«, murmelte er. »Félicitation.«

Immer noch lächelte er, das Geschehen schien ihn fröhlich zu stimmen. Als er die Hände in Kopfhöhe hatte, zögerte er. Er betrachtete genau den Manschettenknopf an seinem linken Hemdsärmel. Dann biss er zu, sehr schnell, riss den Knopf weg, zerbiss ihn und schluckte den Inhalt hinunter, der bitter sein musste. Man sah das am Zucken seiner Lippen, sonst verzog er keine Miene. Langsam senkte er die Arme wieder, ging in die Knie. Ein Blutstropfen erschien zwischen seinen Lippen, dann noch einer. Er leckte sie nicht weg. Er kippte zur Seite, schlug mit dem Kopf auf.

Endlich schrie eine Frau. Sie trat zurück, die Hände vor dem Mund, mit entsetzten Augen. Auch die andern Leute traten zurück, bildeten einen Kreis, in dessen Mitte Hunkeler sich hinkniete. Er sah gleich, dass Jean Charles Gerroni tot war.

Er erhob sich und ging sehr schnell zur Frau hinter dem Schalter.

»Da hat ein Mann Selbstmord gemacht«, sagte er. »Rufen Sie die Ambulanz und die Grenzpolizei an.«

Er rannte hinaus über den Vorplatz zu seinem Auto, startete den Motor und gab Gas. Er fuhr mit über hundert Stundenkilometern durch den Nebel, obschon er wusste, dass er zu spät kommen würde. Er parkte auf dem Trottoir vor der Voltastube, rannte hinein und fragte nach der Treppe, die in den dritten Stock hinaufführte. Er rannte hinauf.

Auf der dritten Etage saß Haller auf einem Taburett vor einer Tür. Die erloschene Pfeife hing in seinem Mund. Offensichtlich hatte er geschlafen und war soeben erwacht.

»Du hier?«, fragte er. »Wo brennt's denn?«

Hunkeler stellte sich in Position, die rechte Schulter nach vorn gerichtet. Dann rannte er mit seinem ganzen Gewicht gegen die Tür, die schon beim ersten Stoß aufsprang.

Im Wohnraum lag auf einer Couch der schmale Freddy. Er lag auf dem Rücken, als würde er schlafen. In der rechten Hand hielt er eine entsicherte Pistole. Dort, wo das Herz war, steckte ein Messer mit Perlmuttgriff in seinem Körper.

»Ruf Madörin an«, sagte Hunkeler zu Haller, der ihm gefolgt war. »Und ruf die Ambulanz an. Es nützt zwar nichts mehr, aber wer weiß.«

Er trat auf den Balkon hinaus, beugte sich vor und schaute in den Hof hinunter. Eine Glyzinie wuchs dort, die sich in drei armdicken Trieben einem Eisenträger entlang bis unters Dach hinaufgewunden hatte. Kein besonderes Problem, hier hinauf- und wieder hinunterzuklettern.

Er trat zurück in den Wohnraum und setzte sich auf einen Stuhl, der neben der Couch stand. Er betrachtete die Leiche des Alfred Woodtli. Das sehr magere Gesicht, das jetzt im Tode noch knochiger geworden war. Die schmalen Schlüsselbeine, die aus der weißen Haut drückten. Das lange, strähnige Haar, das noch mehrere Stunden weiterwachsen würde.

»Es tut mir leid«, flüsterte er. »Ich habe dich beschützen wollen. Es ist mir nicht gelungen.«

Die Ambulanz war in acht Minuten da. Suter, Madörin und Lüdi kamen nach einer halben Stunde.

»Sie machen Sachen«, meinte Suter empört, nachdem er die Leiche kurz mit angeekeltem Gesichtsausdruck angeschaut hatte. »Kommen Sie, wir trinken unten einen Kaffee.«

Die beiden Männer stiegen hinunter, langsam, der Tod hatte beiden zugesetzt. Sie nahmen Platz am Stammtisch, der um diese Tageszeit leer war.

»Eine üble Kaschemme«, meinte Suter, »hier verkehrt wohl der Abschaum.«

»Der Kaffee ist gut«, sagte Hunkeler, »das Bier ist frisch. Nachts um zwei wird Bauchtanz geboten.«

»Was, Sie kennen diese Spelunke?«

»Ja natürlich. Genauso, wie sie Alfred Woodtli gekannt hat. Der Mörder der Frau Aydin ist übrigens aller Wahrscheinlichkeit nach in den Kreisen zu suchen, die hier verkehren.«

Suter hob den Kopf, schaute ihn misstrauisch an.

»Sie haben eine heiße Spur?«

»Vielleicht. Ich weiß bald mehr.«

»Dieser Herr Türkoglu ist nämlich ein impertinenter Intrigant. Jetzt soll sogar eine Interpellation im Großen Rat vorbereitet werden, auf seine Veranlassung hin.«

Suter rührte drei Zucker in den Kaffee, ein armer, schwergeprüfter Mann.

»Es wird Stunk geben, großen Rabatz. Fünf Tote, und dies in unserem Basel.«

Hunkeler nahm einen Schluck. Er fand den Kaffee in Ordnung.

»Sie wissen natürlich«, sagte Suter leise, »dass Sie Gerroni auf dem Euroairport niemals hätten angehen dürfen. Ich weiß es von Herrn Dardel, der hat angerufen. Ebenso wissen Sie, dass es französisches Staatsgebiet ist. Sie hätten die Schweizer Grenzpolizei, die auf dem Flughafen einen Stützpunkt hat, benachrichtigen müssen. Eben diesen Dardel zum Beispiel. Er ist stinksauer. Er hätte das Recht gehabt, in Zusammenarbeit mit der Gendarmerie Gerroni zu verhaften.«

»Stimmt«, sagte Hunkeler.

»Ist das alles, was Sie zu sagen haben?«

»Gerroni war ein Profi«, sagte Hunkeler. »Der hatte überall Antennen, oben und unten und vorn und am Rücken. Er stand zwar da wie ein Stein. Aber er hat alles bemerkt, was um ihn herum passiert ist. Ich habe ein übles Schmierentheater aufführen müssen, um an ihn heranzukommen. Hätte ich die Grenzpolizei oder die Gendarmerie alarmiert, hätte er Verdacht geschöpft und wäre verschwunden. Der hat das gekonnt.«

»Und jetzt?«, fragte Suter traurig. »Wie komme ich aus diesem Schlamassel heraus?«

»Ich erwarte einen scharfen Verweis.«

Jetzt grinste Suter tatsächlich, etwas säuerlich zwar, aber es war ein Grinsen. Dann wurde er wieder todernst, wie es der Situation angemessen war.

»Hätten Sie nicht wenigstens seinen Suizid verhindern können?«

»Nein, unmöglich. Er hat auf eine solche Gelegenheit gewartet, er wollte sterben. Ich hatte mir das schon vorher überlegt. Ein Killer, der am Tatort sein Markenzeichen hinterlässt, fordert den eigenen Tod heraus. Das Gift im Manschettenknopf war ein sehr guter Trick. Es wäre niemandem gelungen, ihn lebend zu fangen.«

»Ich frage mich nur, wie ich dies der Öffentlichkeit darstellen soll.«

»Ich nehme an, die Empörung über Ihre unfähigen Untergebenen wird grenzenlos sein.«

Ein kurzes Grinsen, sofort wieder weggeschoben von verantwortungsvoller Trauer.

»Übrigens hätten wir Alfred Woodtli tatsächlich in Gewahrsam nehmen oder zumindest besser überwachen müssen. Da haben Sie recht gehabt.«

Hunkeler nickte.

»Im Weiteren erwarte ich Ihren Bericht über den Fall Aydin. Möglichst bald.«

Er erhob sich, rückte angewidert Krawatte und Kragen zurecht und ging entschlossen hinaus.

Hunkeler trank in Ruhe seinen Kaffee aus. Die Sache war gelaufen, das Drama war vorbei. Die Protagonisten waren abgetreten. Gerroni tot, der schmale Freddy tot, Fazil Sengün unerreichbar, weil außer Landes. Theo Ruf und Ali Aydin tot. Es blieb die arme Aische Aydin.

Er wusste, was auf ihn zukommen würde. Er würde durch die Schwierigkeiten, die auf ihn warteten, hindurchgehen wie durch Nebel. Er würde seine eigene Spur keinen Moment aus dem Auge lassen.

Einmal kam Haller herein. Er schaute sich kurz um, als hätte er sich hinsetzen wollen zu einem Kaffee. Den schien er bitter nötig zu haben. Als er Hunkeler sah, kam er her.

»Ich bin die halbe Nacht hier drin gewesen«, klagte er, »und habe Alfred Woodtli beschattet. Ich bin keinen Augenblick eingenickt. Um drei ist er hinaufgegangen in seine Wohnung. Ich bin ihm gefolgt und habe mich vor seine Tür gesetzt. Ich schwöre, dass ich bis um sechs wach geblieben bin. Dann muss ich eingeschlafen sein.«

Traurig stopfte er seine Pfeife. Er zündete sie an, als ob der Tabak ihn angewidert hätte.

»Ich habe nur leicht geschlafen. Das kleinste Geräusch hätte mich geweckt. Durch die Tür wäre er nie hereingekommen. Aber ich kann ja nicht gleichzeitig vor der Tür und auf dem Balkon sein.«

»Nein, das kannst du nicht.«

»Du hast eine Sauwut auf mich, nicht wahr?«

»Nein, ich habe auf mich eine Wut. Ich hätte ihn mit nach Hause nehmen müssen.«

»Du bist der Letzte, der sich Selbstvorwürfe machen muss. Du bist von Anfang an auf der richtigen Fährte gewesen.«

»Falsch. Ich hatte keine richtige Fährte. Ich weiß nur, dass der schmale Freddy niemals hätte sterben dürfen.«

Am Abend gegen neun war Hunkeler mit Hedwig in der Kunsthalle verabredet, und zwar im Teil ohne Tischtücher.

Er hatte einen hektischen Tag erlebt, wie er es gar nicht liebte. Er mochte es ruhig, schön Schritt für Schritt, am liebsten gemütlich. Aber die zwei Toten dieses Morgens hatten eine Maschinerie in Gang gesetzt, die im Leerlauf auf Hochtouren lief und Geschrei, Beschuldigungen und heiße Luft produzierte.

Erst war er zum Euroairport hinausgefahren und hatte im Büro der Schweizer Grenzpolizei mit Herrn Dardel und einem Monsieur Rasser von der Gendarmerie debattiert. Herr Dardel hatte sich kurz gefasst mit seinen Vorwürfen, aber Monsieur Rasser war très sévère, très sérieux, assez rigoureux. Er sprach eine halbe Stunde lang sehr gepflegtes Französisch, wies mit allem Nachdruck auf die Unbotmäßigkeit hin, die sich Hunkeler hatte zuschulden kommen lassen, auf den Staatsvertrag, den die autonome République Française mit der Schweiz geschlossen hatte den Euroairport betreffend, auf die Illegalität fremder polizeilicher Übergriffe auf französisches Staatsgebiet. Er war très choqué, énormément frustré über die Schweizer Arroganz, auf französischem Staatsgebiet einen französischen Citoyen verhaften zu wollen. Er beschwerte sich über die Imprévoyance, mit der das geschehen war, so dass Monsieur Gerroni sich dermaßen in Angst und Schrecken hatte versetzen lassen, dass er zum letzten Mittel griff, nämlich zum Suicide. Das sei scandaleux, vraiment dégueulasse.

Hunkeler nickte immerzu, er gab Monsieur Rasser in jedem Punkt recht. Es sei im Übereifer geschehen, im Feuer der Verfolgung eines gefährlichen Mörders. Er entschuldige sich in aller Form, er werde dafür sorgen, dass so eine eklatante Verletzung der französischen Souveränität nie mehr vorkommen würde.

Dann begann er, auf Schweizerdeutsch vom toten Theo Ruf zu reden, der am Strick gehangen hatte, am Boden ein Messer mit Perlmuttgriff. Von Alfred Woodtli, in dessen Brust ein ebensolches Messer gesteckt hatte. Er sprach von den zwei Kilo Heroin, vom toten Herrn Aydin in der Zelle, vom zerstörten Gesicht der Ehefrau. »Mais c'est affreux«, sagte Monsieur Rasser, »wer macht so eppis?« Das wisse er nicht, sagte Hunkeler. Aber er werde es herausfinden.

Gut, sagte Monsieur Rasser, er werde noch einmal »en Öig zuedrögge«. Er werde es bei einer scharfen Protestnote an den Ersten Staatsanwalt bewenden lassen, aber er hoffe weiterhin auf gute Zusammenarbeit.

Anschließend war Hunkeler auf den Lohnhof gefahren, hatte sich in Madörins Büro gesetzt und gewartet. Er hatte den verschlossenen Schrank angeschaut, in dem das Dossier Aydin verwahrt sein musste. Er hatte den Schrank nicht angerührt. Nur keine weiteren groben Fehler, alter Mann. Es wird sich alles lösen.

Er kippte den Stuhl nach hinten, stellte die Füße gegen die Tischkante, umfasste mit beiden Armen seine Knie und legte den Kopf darauf. Er atmete tief und ruhig. So blieb er eine ganze Weile sitzen.

Madörin kam gegen zwei. Hunkeler hörte, wie sich die Tür öffnete, dann wieder schloss. Er hörte die Schritte des Kollegen, die näher kamen. Er löste sich aus seiner Umklammerung, öffnete die Augen.

»Ich bin am Ende«, sagte Madörin und setzte sich. »So kann ich nicht weiterarbeiten. Du machst alles kaputt.«

Er nahm einen Schluck aus dem Pappbecher, den er mitgebracht hatte.

»Erst rumorst du in der Szene herum und lässt dich vom Mann, den ich angeheuert habe, ins Ohr beißen. Du meldest den Tod des Theo Ruf nicht. Du bringst das Messer nicht her. Du willst auf fremdem Staatsboden einen Mann verhaften und treibst ihn in den Suizid. Warum? Willst du mich zerstören?«

»Es ist alles so fade«, sagte Hunkeler, »so stinklangweilig und dumm.«

»Ich bin tatsächlich am Ende, ob du das jetzt glaubst oder nicht. Ich habe Suter mitgeteilt, dass ich den Fall abgebe.«

»Es gibt keinen Fall mehr. Es gibt nur noch die Frage, wer Aische Aydin umgebracht hat.«

»Früher«, sagte Madörin, »habe ich dich gemocht. Du hast mir viel beigebracht, das gebe ich gerne zu. Jetzt finde ich dich unausstehlich.«

»Es geht nicht darum, wie du mich findest. Es geht darum, dass wir beide beim Kriko sind. Und dieses hat einen Riesenfall versiebt. Jetzt müssen wir gemeinsam dafür geradestehen. Es ist unmöglich, dass du aussteigst. Was hat dir Suter zur Antwort gegeben?«

»Dass es unmöglich sei.«

Madörin trank seinen Pappbecher aus und warf ihn knapp neben den Mülleimer.

»Genau das meine ich«, sagte Hunkeler. »Wenn du den Eimer doch nie triffst, wieso versuchst du es immer wieder? Du wirst ihn nie treffen. Also lass es bitte sein.«

Madörin wandte den Blick zu ihm, hilflose, ängstliche Hundeaugen.

»Dies ist mein Büro«, sagte er müde. »Ich bitte dich, es zu verlassen.«

Hunkeler war hinausgegangen, den Leonhardsberg hinuntergestiegen und durch die Steinenvorstadt gewandert. Eine triste Stadt, die Gassen nass vom Nebel, die Gesichter der Menschen trübe. Im Hochhaus vorn war er mit dem Lift hochgefahren zu Harrys Sauna. Er hatte auf der Pritsche gedöst und geschwitzt. Oben auf dem Balkon hatte er eine halbe Stunde in den Nebel gestarrt. Anschließend wieder die Hitze und kaltes Wasser, das Ganze dreimal, als hätte er etwas für seine Gesundheit tun wollen. Dann hatte er sich hingelegt auf ein Bett und mehrere Stunden geschlafen.

Jetzt, es war neun, betrat er die Kunsthalle. Er sah Hedwig gleich neben dem Eingang sitzen.

»Wie geht's?«, fragte sie. »Du schaust wieder einmal ziemlich kaputt aus.«

»Ich mag nicht immer von mir reden. Wie geht es dir?«

»Danke für die Nachfrage. Mir geht es blendend. Woher kommst du jetzt? Vom Lohnhof?«

»Nein, aus der Sauna.«

Er schaute sie an, er musste fast weinen.

»Hör auf. Ich mag keine Tränen sehen.«

»Alles, was ich anfass«, sagte er, »wird zu Tod.«

»Was ist denn wieder los? Was ist geschehen?«

»Ich habe heute zwei tote Menschen gesehen.«

»Ach du lieber Himmel«, sagte sie. »Hört das nie auf? Da, alter Mann, nimm mein Tuch und wisch dir die Tränen ab. Dann versuchen wir, zusammen in allem Anstand zu essen.«

Er nahm ihr Taschentuch, tupfte sich die Wangen trocken. Sie bestellten Neuenburger Saucissons mit Lauchgemüse und einen Halben Dôle.

»Ohne dich wäre ich schon längst in der Friedmatt gelandet«, sagte er.

»Daraus wird nichts, dafür sorge ich«, meinte sie kühl. »Du kannst nicht einfach in die Depression abschnappen. Übrigens habe ich gelesen, dass über tausend Metern die Sonne scheint. Du solltest in den Schwarzwald fahren, für mindestens drei Wochen. Ich werde dich besuchen, wir werden es gut haben zusammen.«

Nach Mitternacht wollte sie ihn nach Hause bringen, aber er lehnte ab.

»Ich verspreche dir, dass ich morgen nach Todtnauberg fahren und die Langlaufskier mitnehmen werde. Das ist abgemacht. Aber jetzt muss ich kurz auf dem Lohnhof nachschauen, wie sich die Dinge entwickeln.«

Sie schüttelte den Kopf, ziemlich sauer. Dann lächelte sie.

»Ich verspreche dir auch etwas. Wenn du nicht fährst, sind wir geschiedene Leute.«

Er schaute ihr nach, wie sie entschlossen davonging. Er stieg den Leonhardsberg hinauf.

Hunkeler fand die Gruppe in Madörins Büro versammelt. Haller fehlte. Dafür war der Erste Staatsanwalt anwesend, ein Mann, der bekannt war für seinen militärisch straffen Führungsstil.

»Es freut mich außerordentlich, Sie zu sehen«, sagte er, als Hunkeler eingetreten war. »Wir haben Sie schon längst erwartet. Wo haben Sie sich den ganzen Tag herumgetrieben?«

»Ich bin in der Sauna gewesen. Anschließend habe ich in der Kunsthalle zu Abend gegessen. Wollen Sie wissen, mit wem und was?«

»Sie können sich Ihre Ironie ruhig sparen«, meinte der Erste Staatsanwalt. »Es werden Köpfe rollen in diesem Saustall, das kann ich Ihnen versprechen. Und Sie sind einer der Ersten. Wenn Not am Mann ist, verdrückt man sich doch nicht in die Sauna. Dann steht Mann neben Mann, das ganze Corps.«

»Es ist tatsächlich Not am Mann gewesen, da haben Sie recht. Heute Morgen früh zum Beispiel und gestern und vorgestern. Damals hätten wir kämpfen müssen, um das Leben von Alfred Woodtli unter anderem. Jetzt ist es zu spät. Was wollen Sie eigentlich noch?«

»Was ich will?«, fragte der Erste Staatsanwalt empört. »Sie wollen tatsächlich wissen, was ich will? Hier, lesen Sie, was Sie uns eingebrockt haben. Dies ist die schärfste Protestnote der französischen Gendarmerie, die ich je zu Gesicht bekommen habe.« Er legte einen Brief auf den Tisch, trommelte mit dem Zeigefinger drauf.

»Ich weiß«, sagte Hunkeler.

»Woher wissen Sie das?«

»Von Monsieur Rasser. Er hat es mir gesagt. Im Weiteren hat er gesagt, dass er trotzdem weiterhin auf gute Zusammenarbeit hoffe.«

»Dies ist ein Skandal, den die Medien aufgreifen werden. Ein gefundenes Fressen für sie. Ich als Chef muss mich diesen Vorwürfen stellen. Ich kann keine Mitarbeiter brauchen, die mir in den Rücken fallen.«

»Ich bin kaputt und müde. Ich werde morgen für drei Wochen in den Schwarzwald fahren.«

»Wie bitte?«, schrie der Erste Staatsanwalt. »Sie verhöhnen mich? Sie machen sich lustig über mich? Ich werde das nie und nimmer zulassen. Ich werde Sie belangen. Ich schaffe Remedur. Ich werde den ganz groben Hobel ansetzen. Ich werde hobeln, dass die Späne fliegen, ich werde …«

Er wollte weiterschreien, ansetzen zum wilden Kriegsgeheul. Aber er hatte keine Chance. Im Gang draußen schrie auch jemand, und zwar eine Frau.

»Sie grässlicher Mensch, Sie«, zeterte sie, »Sie unliebes Ungeheuer, Sie entsetzlicher Mann. Ich werde dafür sorgen, dass Sie hinter Schloß und Riegel kommen, dass Sie eingesperrt werden im Käfig. Sie gehören in den Knast, Sie Frauenschänder.«

Betretenes Schweigen plötzlich in Madörins Büro. Dort draußen war offenbar eine Dame am hemmungslosen Durchdrehen.

Die Tür ging auf, Haller erschien mit zerkratztem Gesicht. Er schob eine Frau vor sich her. Sie war klein und dürr und musste um die achtzig Jahre alt sein.

»Ich brauche Hilfe«, keuchte er, »ich werde nicht fertig mit ihr.«

»Wie bitte?«, zeterte die Frau. »Sie verlangen nach Hilfe? Sie vergewaltigen mich und schreien nach Sukkurs? Das ist ein Skandal. Ich bestehe darauf, dass dieser Flegel sogleich in Ketten gelegt wird. Wegen Schändung einer Dame.«

Suter erhob sich, würdevoll, majestätisch.

»Lassen Sie diese Dame los«, befahl er mit sonorer Stimme.

»Dame«, grinste Haller, »das ist nicht schlecht. Das ist wirklich nicht schlecht.«

»Wo hast du eigentlich deine Pfeife?«, fragte Lüdi.

»Die liegt draußen am Boden. Dieses Biest hat sie mir aus dem Munde geschlagen.«

»Jetzt lassen Sie endlich diese Frau in Ruhe«, sagte Suter. Seine Stimme war noch tiefer geworden.

»Und wenn sie mich wieder gegen das Schienbein tritt? Wenn sie abhaut, was dann?«

»Meine Herren«, sagte der Erste Staatsanwalt, »dies scheint mir ein Irrenhaus zu sein. Was hier fehlt, ist die straffe Führung. Ich verabschiede mich, ich habe morgen wichtige Sitzungen. Ich werde mich wieder melden, dann wird Tacheles geredet.«

Er verbeugte sich kurz gegen die Frau und ging hinaus. Lüdi schloss die Tür und stellte sich hin.

»Jetzt kannst du sie loslassen«, sagte er genüsslich. »Dieses Miststück kommt nicht an mir vorbei.«

»Wie reden Sie eigentlich von mir?«, schrie die Frau, nachdem Haller sie losgelassen hatte. »Bin ich in den Fängen einer Vergewaltigerhorde? Dieser Unhold hier hat mir beide Schultern ausgerenkt.«

Sie stieß ihren Schirm gegen Hallers Bauch, so dass dieser zurückwich.

»Ich bin Amalie Sarasin«, sagte sie. »Ich lebe seit 82 Jahren in Basel. Aber so etwas ist mir noch nie passiert. Ich bin überfallen worden, von diesem Schläger hier.«

»Das tut mir sehr leid, Frau Sarasin«, sagte Suter und gab ihr die Hand. »Wirklich, ich bedaure das zutiefst. Aber Sie wissen, dass Sie hier in Sicherheit sind. Sie werden verstehen, dass ich mich verabschieden muss. Gute Nacht.«

»Wie bitte? Sie fliehen?«

»Aber nein, Sie missverstehen mich. Ich habe morgen in aller Frühe viel zu tun. Meine Herren, beschützen Sie bitte diese Dame.«

Er ging hinaus.

»Setzen Sie sich bitte«, sagte Madörin müde. »Beruhigen Sie sich. Erzählen Sie.«

Die Dame setzte sich, den Schirm zwischen den Knien, die Hand am Elfenbeingriff.

»Ich habe heute Abend«, sagte sie, »Bridge gespielt. Zusammen mit Freundinnen. Ich tue das jeden Dienstagabend. Ich stelle also den Bentley ins Heuwaage-Parkhaus und gehe die paar Meter zu Fuß. Nach Mitternacht will ich heimfahren und gehe ins Parkhaus zurück. Ich müsste mal kurz auf die Toilette. Da kommt so ein Flegel hergerannt, ein Drögeler, und reißt mir die Handtasche weg. Ich werfe mich auf ihn und bekomme ihn bei den Füßen zu fassen, so dass er hinfällt. Da kommt ein gepflegter älterer Herr aus der Damentoilette. Er sieht mich am Boden liegen und hilft mir auf die Beine, der Gentleman. Ich will mich bei ihm bedanken, und schon wieselt der Drögeler davon. Ich ihm nach wie der Wind. Ich kriege ihn beinahe wieder zu fassen, aber dann schlage ich der ganzen Länge nach hin. Der Drögeler ist auf und davon. Ich gehe zurück zum Gentleman, aber der ist nicht mehr da. Von meiner Tasche keine Spur. Ich renne hinaus auf die Straße und treffe auf diesen Unhold hier. Ich bitte ihn um Hilfe, zerre ihn am Ärmel, aber er dreht mir den Arm auf den Rücken und verschleppt mich hierher. Wo leben wir eigentlich, frage ich? In Afrika oder im freien Basel?« Sie schwieg, wartete auf die Wirkung ihrer Worte.

»Nicht schlecht«, meinte Haller, »um Hilfe bitten, das ist wirklich nicht schlecht.«

»Was hat sie denn getan?«, fragte Madörin.

»Sie hat mich überfallen und mit Schirm und Fingernägeln malträtiert. Das ist eine Wildkatze, keine Dame.«

»Zügeln Sie Ihre schmutzige Phantasie, junger Mann«, fauchte Frau Sarasin, »sonst bringe ich Sie vor den Kadi.«

»Nach Mitternacht«, grinste Lüdi, »sucht doch eine Dame nicht die Damentoilette der Heuwaage auf.«

»Warum nicht? Diese Toilette ist speziell für Damen gebaut worden. Wenn diese Anlage nicht mehr sicher ist nach Mitternacht, ist dies nicht mein Problem, sondern Ihres.«

»Was war denn in der Tasche?«, fragte Madörin.

»Ein Tramabonnement, Lippenstift und Puder, eine Lorgnette und fünfzig Tausendfrankennoten.«

»Wie bitte?«

»Ich trage immer 50 000 Franken bei mir, junger Mann.

Als Notgroschen. Man kann ja nie wissen in der heutigen Zeit, bei diesen Bankenfusionen.«

Haller glotzte Frau Sarasin blöde an.

»Warum haben Sie nicht gesagt, dass Sie reich sind?«

»Ich habe Ihnen deutlich und in aller Entschiedenheit mitgeteilt, dass ich bestohlen worden bin. Sie haben überhaupt nicht auf mich gehört. Haben Sie eigentlich Dreck in den Ohren?«

»Mir reicht's«, sagte Hunkeler und erhob sich. »Ich wünsche alles Gute und eine kurzweilige Nacht. Übrigens, was meinen Sie, würden Sie diesen Gentleman, der Ihnen hat helfen wollen, wiedererkennen?«

»Aber sicher. Es war wirklich ein sehr netter Herr.«

Hunkeler nickte freundlich und ging hinaus.

Anderntags schlief er bis gegen Mittag, traumlos und locker. Einmal erwachte er kurz wegen der Stundenschläge der nahen Turmuhr. Er zählte sie mit, dachte daran, dass er im Grunde bereits im Urlaub war, und schlief weiter.

Er frühstückte ausgiebig. Eier und Speck, eine geräucherte Forelle, zwei Joghurts, zwei Kannen Tee. Er öffnete das Fenster und hörte auf die Geräusche des Hinterhofs. Gleich gegenüber war ein Kindergarten, er hörte die Kinder schreien und johlen. Nachwuchs, dachte er, die menschliche Spezies reproduziert sich, das Leben geht weiter.

Hunkeler rief auf dem Lohnhof an, Lüdi meldete sich.

»Wie war denn diese Nacht«, fragte er, »hat Frau Sarasin euch auf Trab gehalten?«

»Bis morgens um sechs, ja. Sie ist das zäheste Biest, das mir je unter die Augen gekommen ist.«

»Und? Habt ihr den Dieb? Oder habt ihr wenigstens die Handtasche wiedergefunden?«

»Nicht die Spur. Das weißt du doch.«

»Sie wird es verschmerzen, denke ich.«

»Sie schon. Aber Haller ist marode. Er liegt zu Hause im Bett mit einer Depression.«

»Der kommt schon wieder hoch.«

»Moment«, sagte Lüdi, »leg bitte noch nicht auf. Morgen Donnerstag um zehn Uhr gibt es eine Pressekonferenz. Der Erste Staatsanwalt informiert. Eingeladen sind Medienvertreter von nah und fern. Eingeladen sind wir alle, auch du.«

»Tut mir leid. Ich werde nicht anwesend sein.«

»Willst du dir wieder Schwierigkeiten einhandeln?«

»Nein, ich muss mich erholen. Meine Frau hat es mir befohlen. Und mein Arzt.«

Er legte auf, packte einen Koffer und trug ihn hinunter. Er holte im Keller die Langlaufskier samt Stöcken, schob alles in den Kofferraum und fuhr los.

Er fuhr durch die Gasstraße, parkte vor der Neuen Brücke und ging hinein. Er setzte sich an den Stammtisch und bestellte Kaffee.

Nur Rolf Herzog saß da, die übrigen Stammgäste fehlten.

»Was war eigentlich mit Freddy?«, fragte Rolf. »Wieso habt ihr ihn nicht hereingenommen?«

»Hör auf«, sagte Hunkeler, »ich will jetzt nicht darüber reden.«

»Warum nicht?«

»Weil ich nicht verantwortlich war für ihn.«

Hinten in der Ecke saß Jost Meier vor einem Notenbuch und dirigierte.

»Hast du Pedro gesehen?«, fragte Hunkeler.

»Nein, heute noch nicht. Auch Heinz ist nicht aufgetaucht und Manfred auch nicht. Wenn denen bloß nichts passiert ist.«

»Danke für die Auskunft«, sagte Hunkeler und ging nach hinten zu Meier.

»Darf ich?«

»Ja bitte.«

Meier schloss die Partitur, schenkte sich Rotwein nach und Mineralwasser.

»Wie war es in Sofia? War es ein Erfolg?«

»Ja, durchaus. Das Ensemble ist hervorragend. Bloß die Tournee durch Deutschland war schlimm. Von Singen nach Nordhausen, dann Meppen, Fürth und Ulm. Alles im Bus. Und die haben dauernd Wodka getrunken.«

»Und jetzt? Wie geht's weiter?«

»Ich bereite *Lady Macbeth* von Schostakowitsch vor, für St. Gallen. Warum fragen Sie?«

»Einfach nur so.«

Hunkeler nahm eine Zigarette aus der Schachtel, zündete sie an, drückte sie wieder aus.

»Das ist weise«, sagte Meier. »Ich selber habe vor zwölf Jahren damit aufgehört.«

»Das Amulett«, sagte Hunkeler, »stammt übrigens aus Mali. Ein Reiseleiter, der bei Frau Aydin Türkischstunden genommen hat, hat es ihr geschenkt.«

»Schwarzafrika, das habe ich mir gedacht.«

»Kennen Sie Herrn Beat Spälti gut?«

»Nein. Ich habe immer auf Distanz geachtet.«

»Warum?«

»Jetzt hören Sie endlich auf mit diesen dummen Fragen, ich bitte Sie darum.«

»Wir haben den Mörder noch immer nicht«, sagte Hunkeler leise.

»Beat Spälti ist heute Morgen operiert worden. Er kann nicht mehr reden, er hat keinen Kehlkopf mehr. Darf ich Sie jetzt bitten, mich allein zu lassen?«

»Ich danke Ihnen«, sagte Hunkeler.

Er ging hinaus, setzte sich ins Auto und fuhr über den Rhein Richtung Lörrach. Der Tänzer hatte also keinen Kehlkopf mehr. Er lag wohl auf der Intensivstation, hatte ein Loch über dem Brustbein, durch das er ein- und ausatmete.

Hunkeler fuhr über die Grenze und folgte dem Wegweiser nach Donaueschingen. Ein mit Kies beladener Laster war vor ihm, der beinahe im Schritttempo fuhr. Das war Hunkeler egal. Er hatte alle Zeit der Welt.

Bei Hausen bog der Laster ab nach links über die Brücke. Hunkeler rollte durch den Nebel. Er sah, wie der Fahrer hinter ihm auf- und abblendete, mehrmals hintereinander. Ab und zu glitt das Licht eines entgegenkommenden Autos vorbei, der Schein eines Hauses, eine Tankstelle, eine Wirtschaft. Die Hauptgasse von Zell, eine Bank, helle Läden. Es war ein Gleiten durch einen Traum, irreal, beruhigend sicher.

Vor Todtnau bog er nach links ab, hinauf Richtung Notschrei. Er schien allein zu sein, niemand sonst war unterwegs. Der Nebel wurde noch dichter, er fuhr im ersten Gang. Bei Afterstag wäre er beinahe in die Leitplanken gekracht. Er bremste, riss das Steuerrad herum und gab vorsichtig Gas. Er hielt sich dicht am Mittelstreifen. Dann die Abzweigung nach Todtnauberg, die leicht gewundene, fast flache Strecke durch den Wald, die Linkskurve ins Tal hinein.

Er glitt in gleißendes Mondlicht hinaus. Die Nacht war erleuchtet. Der Schnee lag halbmeterhoch beidseits der Straße. Das nach Süden geöffnete, weiß verschneite Hochtal. Weiter vorn die Lichter der Ortschaft.

Er parkte vor dem Hotel zum Engel, nahm den Koffer heraus und trug ihn zur Rezeption. Frau Boch begrüßte ihn, sie hatte ein Zimmer frei.

In der Wirtsstube setzte er sich an den Tisch gleich rechts neben dem Kachelofen, wo das Konterfei des schwarzbraunen Denkers Heidegger hing, der offenbar hier verkehrt hatte. Den mochte er zwar nicht, aber er mochte den Ofen. Er bestellte eine Rinderroulade mit Bohnen und Salzkartoffeln. Dazu trank er eine Flasche Spätburgunder vom Kaiserstuhl. Als er satt war, wäre er eigentlich noch gern nach hinten zum Stammtisch gegangen, wo ein paar Einheimische mit dem Wirt beim Bier saßen. Er fühlte sich zu müde dazu.

Am Morgen weckte ihn das Licht der Sonne. Er wusste erst nicht, wo er war. Er kam aus einem Traum, an den er sich nicht mehr erinnerte, der ihm aber sehr dunkel gewesen zu sein schien. Es war acht, er ging hinunter zum Frühstück.

Um neun nahm er die Skier aus dem Wagen, schulterte sie und stapfte die Straße hinauf zum Radschert. Dort zog er die Latten an, stellte sich in die Loipe und stieg durch den Wald hinauf, langsam und vorsichtig, als hätte der Boden unter seinen Füßen nachgeben können.

Als er herauskam aus dem Wald auf den langgezogenen Bergrücken des Stübenwasens, wusste er, dass es richtig gewesen war hierherzufahren. Die weite, leicht gewölbte Schneefläche, der Tannenwald unten rechts, von dessen Geäst der Schnee schon längst weggetaut war. Die schwarzen Hügel ringsum, der Jura im Süden, dahinter die Alpen im Morgenlicht. Fast hätte er den Schritt beschleunigt, ein bisschen mehr Gas gegeben, auf die Tube gedrückt. Aber vorsichtig, alter Mann, du bist ruiniert, du musst dich erst erholen.

Er glitt durch die Spur an Tannengruppen vorbei, ließ laufen, wo es lief, setzte in Steigungen sachte einen Ski vor den anderen. Das ging ganz gut. Das Herz hämmerte zwar, aber dazu war es ja da. Nach gut zwei Stunden erreichte er die Todtnauer Hütte. Er setzte sich auf den Vorplatz ins Sonnenlicht, aß Linseneintopf, trank ein Pils. Er saß allein da, die Vorweihnachtszeit war hier oben offenbar eine tote Saison. Er schloss die Augen, ließ sich von der Sonne bestrahlen und wärmen.

Am Abend dieses Donnerstags, es war der erste Dezember, rief er Hedwig an.

»Wie geht's?«, fragte sie.

»Komm her, noch heute Abend. Ich brauche dich.«

»Das geht leider nicht. Ich bin mit Annette verabredet.«

»Es ist so schön hier oben, dass man es allein fast nicht erträgt.«

Sie lachte, schien sich zu freuen.

»Du wirst es ertragen. Das tut dir gut.«

»Ich habe ein Doppelbett«, insistierte er. »Wir könnten uns in die Ecke neben den Ofen setzen, essen und trinken und dann hochsteigen und uns umarmen.«

»Morgen ist Freitag. Dann komme ich.«

Hunkeler trat auf den Balkon hinaus und schaute über das Tal zum Waldrand hinüber, über den der Mond rollte. Dieses weiße Licht, diese verzauberte Stille.

Er zog sich die Jacke an, stieg zwei Treppen hinunter und spürte die Blasen an den Fersen. Er betrat die Wirtsstube.

Gleich rechts beim Eingang, neben dem Ofen, wo der schwarzbraune Denker hing, saßen an einem weiß gedeckten Tisch die Herren Pedro, Heinz Grossenbacher und Manfred Gilgien. Vor sich hatten sie eine Flasche Elsässer Riesling stehen. Auf ihren Tellern lagen Forellen, in Mandeln gebacken. Die Herren waren sauber frisiert, trugen dezente, dunkle Anzüge samt weißen Hemden, und jeder hatte eine Seidenkrawatte umgebunden.

»Schau an«, sagte Hunkeler munter, »was für eine Überraschung.«

Er nahm ein Weinglas vom Nebentisch, griff die Flasche und schenkte sich ein.

»Zum Wohl, meine Herren.«

Er nahm einen Schluck, es war Riesling der besten Sorte. Er setzte sich hin, nickte freundlich.

Die drei freute das nicht. Besonders Pedro schien sich recht unwohl zu fühlen.

»So will es nun einmal der Zufall«, sagte Hunkeler. »Der ist ja bekanntlich der beste Kommissär. Vielleicht bestellst du noch eine Flasche. Die da ist nämlich leer.«

Pedro winkte der Bedienung.

»Ich kann ein Gedicht auswendig von dir«, sagte Hunkeler zu Manfred. »Es ist eines der liebsten, zartesten Gedichte, die ich kenne. Ich sage es dir vor. Es heißt *Frau beim Wäscheaufhängen.*

Die kahlen Wäscheleinen behängt
die Frau mit farbigen Wäschestücken
die Aussicht auf ihr Gesicht hat sie
mir mit einem Badetuch verhängt

Ich kann nur ihre Beine sehen
die sicher auf einem Stuhl stehen

Vom Fenster aus schaue ich zu gebannt
wie sie geschickt mit der rechten Hand
den Sack mit den Wäscheklammern nachzieht

Zeile für Zeile Stück für Stück
immer wieder vom Stuhl gestiegen
um ihn weiter vorzuschieben
und sich rasch wieder draufgestellt

Dieses Gedicht kommt mir in den Sinn, wenn ich deine neuen Klamotten anschaue. Die sind luftig und rein. Sonst stinkst du meistens wie ein Schwein. Wie kommt denn diese plötzliche Veränderung?«

»Ich kann es nicht sagen. Das heißt, ich darf es nicht. Ich habe mein Ehrenwort gegeben. Aber ich habe wieder ein Gedicht gemacht. Hier, du kannst es haben.«

Er griff in die Tasche, zog einen Zettel hervor.

»Nein danke«, sagte Hunkeler. »Ich schlage vor, wir reden zuerst vom Geschäftlichen. Wenn das geregelt ist, machen wir uns einen lustigen Abend, nicht wahr?«

Die drei nickten betreten. Die Frau brachte eine neue Flasche, schenkte ein und wünschte Gesundheit. Doch keiner hob sein Glas.

»Woher kommst du?«, fragte Pedro endlich. »Wie hast du mich gefunden?«

»Es ist wirklich nichts anderes als ein blöder Zufall. Du hast schlicht Pech.«

»Dieser Scheißdreck«, fluchte Pedro. »Leck mich doch alles am Arsch.«

Er schob seinen Teller weg, irgendetwas hatte ihm den Appetit verdorben.

»Sollen wir uns an einen anderen Tisch setzen?«, fragte Hunkeler.

»Nein, die beiden wissen alles.«

»Also gut. Ich bin vorgestern Nacht noch kurz auf dem Lohnhof gewesen. Ein Kollege hat eine alte Dame hergebracht, ein zähes Stück. Diese Dame hat herumgetobt und geschrien, ihr sei vor der Damentoilette des Heuwaage-Parkhauses von einem Drögeler die Handtasche geraubt worden. Da sei ein älterer, gepflegter Herr aus der Damentoilette gekommen. Dieser Gentleman, so hat sie gesagt, habe ihr helfen wollen. Der Drögeler sei geflohen. Sie sei ihm nachgerannt, vergeblich. Als sie zurückgekommen sei, hätten Handtasche und Gentleman gefehlt. Und in der Handtasche hätten sich fünfzig Tausendfrankennoten befunden.«

»Ich habe geerbt«, sagte Pedro. »Und deshalb habe ich meine Kollegen eingeladen. Das wird doch wohl noch erlaubt sein.«

»Kannst du das beweisen?«

»Nein, aber das muss ich nicht.«

»Doch. Wenn du geerbt hast, läuft das übers Erbschaftsamt. Und wenn dir eine alte Tante 50 000 Franken geschenkt hat, musst du eine Bestätigung vorlegen. Jene Dame hat übrigens klipp und klar erklärt, dass sie den Gentleman mit Sicherheit wiedererkennen würde.«

»Und jetzt?«, fragte Pedro. »Was soll jetzt geschehen?«

»Es gibt zwei Möglichkeiten. Entweder hast du die Tasche gefunden. Dann hättest du den Fundgegenstand abliefern müssen. Oder du hast sie gestohlen. Dafür gibt's Gefängnis.«

Schweigen, niemand sagte ein Wort. Alle sahen, dass Pedro ein geknickter Mann war.

»Einmal im Leben Urlaub im Schnee«, sagte Manfred. »Ist das wirklich zu viel verlangt vom Leben?« Er schüttelte empört den Kopf, nahm sein Glas, leerte es in einem Zug und schenkte sich nach.

»Los, trinken wir noch einen, bevor wir verhaftet werden.«

»Es gibt noch eine dritte Möglichkeit«, sagte Hunkeler leichthin.

»Und die wäre?« Pedro war wieder hellwach. Er war halt doch ein zäher Bursche.

»Vielleicht«, sagte Hunkeler, »sollten wir uns an einen anderen Tisch setzen.«

»Nicht nötig. Es gibt keine Geheimnisse an diesem Tisch.«

»Ich möchte den Namen des Mörders von Aische Aydin haben. Ich möchte beweisen können, dass er es war.«

»Ach so«, sagte Pedro. »Du willst mit mir einen Deal machen.«

Hunkeler nickte.

Pedro zögerte, schaute seine beiden Kollegen an. Erst nickte Heinz, dann nickte Manfred.

»Einverstanden«, sagte Pedro. »Beat Spälti hat sie umgebracht.«

»Woher weißt du das?«

»Er ist an jenem Dienstag in die Neue Brücke gekommen. Er hat Schmerzen gehabt in den Hoden, hatte Blut an der rechten Hand. Er war sichtlich verstört, hat alles erzählt. Die beiden Kollegen waren auch da.«

»Stimmt«, sagte Heinz. »Wir sind alle drei sehr erschrocken. Wir haben gewusst, dass er mit Frau Aydin ein Verhältnis hatte. Jedenfalls hat er das behauptet. Geglaubt haben wir es ihm nicht recht. Aber ein Frauentyp war er schon. Er hat zu tun gehabt mit ihr wegen ihrer Kinder.«

»Er war ein Schwein, der Spälti«, sagte Manfred. »Er hat sie erpresst.«

»Er hatte eine Flasche Chivas bei sich«, sagte Pedro. »Die war voll Blut. Ich habe ihm gesagt, er solle sie in einen Mülleimer im Hinterhof werfen. Das hat er getan. Er hat erzählt, er habe ihr soeben mitgeteilt, dass seine juristischen Bemühungen endgültig nicht zum Ziele geführt hätten. Dann hat er sie umarmen wollen. Sie hat ihn in die Eier getreten, ziemlich massiv. Sie habe ihn beschimpft, hat er erzählt, er sei ein dreckiges Schwein. Sie hasse ihn wie sonst niemanden auf der Welt. Sie hat ihn angespien. Er hat durchgedreht und sie mit der Whiskyflasche erschlagen. Er hatte stets eine solche Flasche bei sich. Er hat weitergeschlagen, als sie schon tot war. So war das. Ekelhaft.«

»Warum habt ihr das nicht gemeldet? Ihr habt einen hundsgemeinen, widerlichen Mörder gedeckt. Warum?«

»Wir halten nichts von der Polizei. Wenn einer von uns etwas meldet, ergeht es ihm wie dem schmalen Freddy. Früher oder später wird er zum Spitzel und muss dran glauben.«

»Unterlassene Meldepflicht«, sagte Hunkeler, »das grenzt an Begünstigung.«

»Hör auf, ja?«

»Aber das ist eine Riesenschweinerei«, schrie Hunkeler.

»Jetzt hast du den Mörder ja«, flüsterte Heinz. »Hör bitte auf zu schreien. Dies hier ist ein bürgerliches Lokal.«

»Habt ihr denn jedes Ehrgefühl, jeden Anstand verloren?«

»Nein«, sagte Manfred, »im Gegenteil. Wie du siehst, sind wir anständig angezogen und sitzen in anständiger Gesellschaft.«

In dieser Nacht schlief Hunkeler schlecht. Die Blasen an den Fersen schmerzten, er spürte ein Zerren in den Oberschenkeln. Er dachte an den versoffenen Lebemann Spälti, an die Flasche, die er in dessen Manteltasche gespürt hatte. An die Chivas-Flasche, die er im Mülleimer gefunden hatte. Er hätte sie mitnehmen und untersuchen lassen können, dann wäre sie in kürzester Zeit als Tatwaffe erkannt worden. Aber nein, er hatte nach einem Messer gesucht.

Wieder weckte ihn am Morgen die Sonne, aber diesmal hatte er keine Lust auf Schnee. Er wollte den Mörder haben, er wollte sein Geständnis.

Nach dem Frühstück rief er auf dem Lohnhof an und verlangte Suter. Er wartete mehrere Minuten, bis er endlich die sonore Stimme vernahm.

»Bitte? Staatsanwalt Suter.«

»Hunkeler, Peter. Ich habe eine dringende Bitte.«

»Ich weiß nicht, ob dies der Moment ist für Sie, eine Bitte auszusprechen. Der Erste Staatsanwalt hat getobt. Mit Fug und Recht, wie mir scheint. Es wird Verweise hageln. Gegen Sie werden Disziplinarmaßnahmen ergriffen werden. Ich sage Ihnen das in aller Freundschaft, wie es sich für langjährige Mitarbeiter gehört. Sie stecken zutiefst in der Bredouille.«

»Ich habe den Mörder gefunden«, sagte Hunkeler ruhig.

»Was für einen Mörder? Es war Gerroni. Der ist tot.«

»Den Mörder von Aische Aydin.«

Das verschlug Suter die Stimme. Er atmete schwer.

»Was soll das? Haben Sie Beweise?«

»Ich bitte Sie, um elf in der Cafeteria des Kantonsspitals

zu sein. Zusammen mit Madörin. Schließlich ist es sein Fall.«

»Wenn das wieder eine Ihrer Schnapsideen ist ...«

»Sie müssen kommen, Herr Staatsanwalt. Ich habe Sie nicht oft um eine Gefälligkeit gebeten.«

Lange Kunstpause, das Trommeln der Finger auf dem Tisch.

»Ich habe gemeint, Sie befänden sich im Schwarzwald, im Schnee?«

»Ich fahre jetzt gleich los. Um elf bin ich in der Cafeteria.«

Er legte auf, um Suter keine Chance zur Widerrede zu geben. Der würde erscheinen, wenn auch widerwillig. Die Möglichkeit, dem Chef den wirklichen Mörder der Frau Aydin zu liefern und so Herrn Türkoglu zu beschwichtigen, würde er sich nicht entgehen lassen.

Er trank in der Wirtsstube unten noch einen Kaffee, bevor er losfuhr. Von den drei anständigen Herren in ihren dezenten Anzügen war noch nichts zu sehen. Die hatten wohl bis lange nach Mitternacht weitergebechert.

Kurz vor elf parkte er auf dem Trottoir vor dem Kantonsspital.

Er fuhr mit einem der Großraumlifte in den zweiten Stock hoch, ging nach hinten zur Intensivstation für Lungenerkrankungen. Er klingelte, wartete fünf Minuten lang. Endlich erschien ein junger Mann.

»Ich möchte«, sagte Hunkeler, »zusammen mit zwei Herren, die unten warten, mit Herrn Beat Spälti ein kurzes Gespräch führen.«

»Das ist leider nicht möglich. Er schläft.«

Hunkeler zeigte seinen Ausweis.

»Es ist dringend. Es geht um Mord.«

Der Mann verschwand. Nach weiteren Minuten erschien ein älterer Herr, der sich als Professor vorstellte. Er trug Jeans unter dem Berufsgewand, seine Füße steckten in Turnschuhen. Intelligente, entschlossene Augen, eine Spur von Schalk in den Mundwinkeln.

»Es geht Herrn Spälti im Moment sehr schlecht. Es wäre das Beste für ihn, wenn wir ihn nicht wecken würden.«

»Ich bitte Sie trotzdem, es zu tun. Es geht nicht nur um ihn. Es geht um die Unschuld anderer Menschen, die ich mit seiner Hilfe beweisen will.«

»Sagen Sie einmal«, meinte der Professor, und er grinste beinahe, »Sie reden ja wie ein richtiger Kommissär aus dem Film.«

Hunkeler nickte. Genau so kam er sich vor.

»In zehn Minuten. Aber nur kurz.«

Hunkeler ging durch die Gänge. Er hätte sich beinahe verirrt. Aber dann sah er den Innenhof mit den tropischen Pflanzen und dem Wasserfall. Ein Wildentenpaar schwamm dort in einer Pfütze. Seltsam, dachte er, wie finden die da wieder hinaus?

Suter und Madörin saßen angewidert an einem Tisch inmitten von Rollstuhlpatienten.

»Sie haben sich verspätet«, sagte Suter, »eine Viertelstunde. Ich muss leider gehen, ich habe eine wichtige Sitzung.«

»Nein«, sagte Hunkeler, »Sie bleiben.«

»Wie reden Sie mit mir?«, krähte Suter. Er merkte, dass sein Krähen an diesem Ort deplatziert war. Er flüsterte jetzt. »Wie führen Sie sich auf? Was haben Sie überhaupt vor?«

»Es geht mir darum, dass das Kriko den Fall Aydin klärt und dies der türkischen Botschaft mitteilt.«

Madörins käsige Gesichtsfarbe, sein Hundeblick. Er nahm einen Schluck aus der Kaffeetasse, musste sich beinahe übergeben.

»Meinetwegen«, sagte Suter. »Packen wir's an.«

Sie gingen zu dritt durch die Gänge, auf seltsam leisen Sohlen. Eine junge Asiatin mit pechschwarzem, langem Haar schob ein Spitalbett vorbei, in dem ein Greis lag. Die Augen hatte er offen, aber er schien nichts zu sehen.

Hunkeler klingelte, der junge Mann erschien und ließ sie ein. Er führte sie zu einer Garderobe, wo antiseptische Mäntel hingen. Die mussten sie anziehen, sie taten es wortlos. Sie gingen in eine Halle, die in einzelne Kojen unterteilt war. Es waren Geräusche zu hören, saugende, pochende, leise stampfende. Sie kamen an einem Bett vorbei, in dem eine Frau lag. Durch ihren Mund führte eine Röhre, durch die offenbar Luft gepumpt wurde. Die Frau schlief. Ein Mann kniete neben ihrem Bett, die Stirn auf ihre Hand gesenkt.

Hinten in der Ecke lag Beat Spälti. Er lag auf dem Rücken, entspannt und ruhig. Er hatte die Hornbrille auf, er bewegte kurz die Lider. Dicht oberhalb seines Brustkorbs war eine Öffnung, durch die er offenbar atmete. Nebenan stand der Professor.

»Kennen Sie mich?«, fragte Hunkeler.

Spälti wollte die rechte Hand heben, aber das ging nicht. Er bewegte kaum sichtbar den Kopf. Es wurde ein schwaches Nicken daraus.

»Sie haben Frau Aydin geliebt, nicht wahr?«

Wieder das Nicken. Er wollte etwas sagen, aber das war nicht möglich.

»Sie haben ihr helfen wollen, ihre Kinder herzuholen, aber Sie haben es nicht geschafft.«

Eine weitere Bewegung des Kopfes, es war eine Verneinung.

»Als Sie der Frau dies mitgeteilt haben, hat sie die Fassung verloren. Und als Sie sie umarmen wollten, hat sie Sie in die Hoden getreten. Sie haben durchgedreht und mit der Whiskyflasche in ihr Gesicht geschlagen.«

Wieder das Nicken, langsam und qualvoll. Eine Träne rann aus seinem linken Auge, hing einen Moment im Augenwinkel und rollte über die Wange.

»Sie haben noch zugeschlagen, als sie schon tot war. Das stimmt alles, nicht wahr?«

Spälti versuchte zu schlucken. Er bewegte langsam die Lippen, als hätte er reden wollen. Dann schloss er ermattet die Augen.

»Ich danke Ihnen«, flüsterte Hunkeler. »Sie haben uns geholfen. Wir lassen Sie jetzt in Ruhe.«

Sie gingen zurück zur Garderobe und zogen die Mäntel aus.

»Und, wie steht's mit ihm?«, fragte Hunkeler.

»Wir wissen es nie genau«, sagte der Professor, »aber es sieht sehr schlecht aus.«

Sie tranken noch einen Kaffee in der Wirtschaft unweit des Spitaleingangs, wortlos, drei geschlagene Männer. Obschon Mittagszeit war, bestellte keiner zu essen.

Hunkeler nahm den Bußenzettel unter dem Scheibenwischer weg, stieg ein und fuhr an die Gasstraße. Er ging durch den Durchgang zu Theo Rufs Hinterhof und schaute sich um. Im Parterre nebenan bewegte sich ein Vorhang, ein schemenhaftes Gesicht erschien.

Er sah die Pfützen im Kies, die Brennnesseln, den Erdhaufen, den die Polizei hinterlassen hatte. Neben Theo Rufs Haustür lagen einige Buchenscheite. Dort bewegte sich etwas unter einem Laubhaufen, kaum sichtbar, aber er sah es doch. Er ging hin und bückte sich.

Gegen drei war er wieder in Todtnauberg oben. Er stieg ohne Skier den Hügel hinan, wanderte ein Stück durch den Wald, sah die Spuren von Krähen und Hasen. Er kehrte um, setzte sich in die Wirtsstube und trank ein Pils. Er kam sich schlecht vor, wie ein windiger, stinkender Köter.

Frau Boch kam herein, setzte sich zu ihm.

»Sagen Sie einmal, was waren das für drei Männer, mit denen Sie gestern Abend zusammensaßen?«

»Freunde, Kollegen«, sagte er. »Aus der Chefetage der Basler Chemie. Sie machen eine Geschäftsreise.«

»Trinkfeste Männer«, meinte sie anerkennend. »Charmant und unterhaltsam. Sie haben bis um drei gebechert.«

»Und jetzt? Schlafen sie noch?«

»Aber nein. Sie sind um den Mittag weitergereist, per Taxi. Solche Gäste wünscht man sich, so ganz und gar nicht knauserig.«

Hedwig kam gegen acht. Er hörte, wie sie an seine Tür klopfte, ging hin und öffnete. Sie kam herein, neugierig und schön wie immer. Sie umarmten sich gleich.

Plötzlich schrie sie auf, griff unter die Decke, unter der ihr rechtes Bein lag. Sie holte eine Schildkröte hervor.

»Was soll das?«, fragte sie streng. »Bist du jetzt endgültig übergeschnappt?«

Er setzte sich auf, grinste entschuldigend.

»Ich habe sie in Theo Rufs Hinterhof gefunden«, sagte er. »Heute Nachmittag, als ich kurz in Basel war. Sie heißt übrigens Emma.«

Hansjörg Schneider
Hunkeler und die Augen des Ödipus
Roman

Wo steckt der Theaterdirektor Bernhard Vetter? Sein Hausboot ist herrenlos beim Stauwehr von Märkt aufgefunden worden, von ihm selbst fehlt jede Spur. Und das wenige Tage, nachdem eine Inszenierung von *König Ödipus* in Basel die Gemüter erhitzt hat – so sehr, dass eine Dame aus der feinen Gesellschaft dem Regisseur des Stücks mit ihrem Granatring zwei Zähne ausgeschlagen hat. Die Presse überschlägt sich mit Spekulationen: Liegt der Intendant auf dem Grund des Rheins? War es die Rache des Bürgertums an einem kompromisslosen Theatermann?

Peter Hunkeler, Kommissär des Kriminalkommissariats Basel, steht sechs Wochen vor der Pensionierung. Aber ist er bereit, von der Bühne abzutreten? Mit gemischten Gefühlen taucht er ein ins Theatermilieu, zu dem er als junger Mann selbst gehört hat. Er begegnet alten Bekannten wieder, die alle mit dem Theaterdirektor eine Rechnung offen haben. Und gerät in die schillernde Halbwelt des Basler Rheinhafens, in das Niemandsland zwischen der Schweiz, Deutschland und Frankreich, wo ganz andere Mächte Regie führen.

Verfilmt mit Mathias Gnädinger als Kommissär Hunkeler.

»Irgendetwas zwischen schillernd, verrucht und angenehm verrückt ist das gesamte Romanpersonal in diesem wirklich guten Krimi. Und während Hunkeler den Mörder en passant erledigt, denkt man bei sich: scharfe Ecke, dieses Hafenviertel in Basel.«
Beate Koma / Brigitte, Hamburg

»Hansjörg Schneider erweist sich einmal mehr als Meister der atmosphärischen Details.«
Sacha Verna / NZZ am Sonntag, Zürich

Hansjörg Schneider
im Diogenes Verlag

Hansjörg Schneider, geboren 1938 in Aarau, arbeitete nach dem Studium der Germanistik und einer Dissertation unter anderem als Lehrer und Journalist. Mit seinen Theaterstücken ist er einer der meistaufgeführten deutschsprachigen Dramatiker, seine *Hunkeler*-Krimis führen regelmäßig die Schweizer Bestsellerliste an und sind mit Mathias Gnädinger in der Hauptrolle verfilmt worden. 2005 wurde er mit dem Friedrich-Glauser-Preis ausgezeichnet. Er lebt als freier Schriftsteller in Basel und im Schwarzwald.

»Es ist ein wunderbarer Protagonist, den Hansjörg Schneider geschaffen hat: knorrig, kantig und sympathisch.« *Volker Albers / Hamburger Abendblatt*

Das Wasserzeichen
Roman

Nachtbuch für Astrid
Von der Liebe, vom Sterben, vom Tod und von der
Trauer darüber, den geliebten Menschen verloren zu haben

Nilpferde unter dem Haus
Erinnerungen, Träume

Die *Hunkeler*-Romane:

Silberkiesel
Hunkelers erster Fall. Roman

Flattermann
Hunkelers zweiter Fall. Roman

Das Paar im Kahn
Hunkelers dritter Fall. Roman

Tod einer Ärztin
Hunkelers vierter Fall. Roman

Hunkeler macht Sachen
Der fünfte Fall. Roman

*Hunkeler und der Fall
Livius*
Der sechste Fall. Roman

*Hunkeler und die goldene
Hand*
Der siebte Fall. Roman

*Hunkeler und die Augen
des Ödipus*
Der achte Fall. Roman

Hunkelers Geheimnis
Der neunte Fall. Roman